# 英美文学多元化解读与作品赏析

曾令忠　著

中国海洋大学出版社

·青岛·

图书在版编目（CIP）数据

英美文学多元化解读与作品赏析／曾令忠著. -- 青
岛：中国海洋大学出版社，2023.9
ISBN 978-7-5670-3613-0

Ⅰ.①英… Ⅱ.①曾… Ⅲ.①英国文学-文学研究②
文学研究-美国 Ⅳ.①I561.06②I712

中国国家版本馆 CIP 数据核字（2023）第 177328 号

YINGMEI WENXUE DUOYUANHUA JIEDU YU ZUOPIN SHANGXI

| | | | | |
|---|---|---|---|---|
| **出版发行** | 中国海洋大学出版社 | | | |
| **社　　址** | 青岛市香港东路 23 号 | | **邮政编码** | 266071 |
| **网　　址** | http：// pub. ouc. edu. cn | | | |
| **出版人** | 刘文菁 | | | |
| **责任编辑** | 由元春 | | **电　话** | 15092283771 |
| **电子邮箱** | 502169838@qq. com | | | |
| **印　　制** | 青岛中苑金融安全印刷有限公司 | | | |
| **版　　次** | 2023 年 9 月第 1 版 | | | |
| **印　　次** | 2023 年 9 月第 1 次印刷 | | | |
| **成品尺寸** | 170 mm×240 mm | | | |
| **印　　张** | 4.75 | | | |
| **字　　数** | 88 千 | | | |
| **印　　数** | 1~1000 | | | |
| **定　　价** | 29.80 元 | | | |

发现印装质量问题，请致电 0532-85662115，由印厂负责调换。

# 前　言

　　文学，并不是一个新兴的词汇，它是一种运用语言媒介创造艺术形象、反映思想、表达情感、体现读者审美和创造力的艺术形式。文学来源于社会生活，最早主要以号子、歌唱、神话等形式存在于社会生活中，是文学家对社会生活的认识、理解和评论。文学蕴含着丰富的思想情感和审美观念。无论是思想情感的表达，还是审美观念的彰显，都离不开文学的三要素，即真实、想象和美。在漫长的发展历程中，文学形成了独有的风格和特色，具体体现在语言的艺术、形象的创造、美感的传达等方面。文学以其特殊的形态发挥着传播文化、启迪人生、陶冶情操的作用。经过数千年的沉淀和积累，文学在当今经济发展、社会进步、科技创新等诸多领域起着不可替代的作用，是当前人们关注和研究的热点。

　　随着文学的不断发展和壮大，其出现了很多分支。英美文学作为文学的重要分支，在世界文化体系中占据重要的地位，以其丰富的文化内涵、独特的语言魅力、多元的艺术价值、高超的审美意境在世界文学中占有一席之地。纵观英美文学的发展历史可以发现，其经历了一个漫长而复杂的过程。在这一过程中，英美文学渗透着浓厚的人文思想和生态思想，以形象化的需要反映现实生活，是对现实生活的真实映照。研读英美文学，可以了解英美国家的历史文化和风土人情，提高文学素养以及鉴赏和认知能力。

　　文学流传至今，承载了很多震人心魄的文学作品。优秀的英美文学作品往往蕴含着丰富的思想情感和文化内涵，通过各种不同的表现形式讴歌真善美、批判假恶丑，能够对读者的价值观、人生观、世界观、道德观等产生很大的影响。鉴于此，笔者在总结前人研究成果及自身多年科研经验的基础上，系统梳理了英美文学及其作品的相关知识并编写了此书，以期能够为英美文学的发展与作品的研究提供有益借鉴。

　　本书共分五章。第一章主要从英美文学的发展入手，解读英美文学的内涵与特征，分析英美文学的价值和现实意义，探讨全球化语境下英美文学研究的走向，为英美文学与作品研究提供理论指导。第二章到第五章主要从英美文学语言审美、英美文学文化、英美文学生态、英美文学批评等方面探讨了英美文学的相关知识，并对其涉及的相关作品进行赏析，为英美文学作品的赏析实践拓宽了思路。

在写作过程中，笔者查阅了大量国内外资料，吸收了很多与英美文学相关的研究成果，也借鉴了相关学者的观点，在此表示诚挚的感谢！由于英美文学研究的多元性以及英美文学作品研究的复杂性，加之笔者能力有限，书中难免存在不足之处，恳请广大读者批评指正！

# 目　录

# 第一章　英美文学概述

英美文学在世界文学史中处于十分重要的位置，它不仅刻画了各种各样的艺术形象，而且还将现实生活真实地反映出来，在世界文学史上具有重要地位。

## 第一节　英美文学的内涵与特征

### 一、英美文学的内涵

英美文学作为一种重要的文化艺术表现形式，反映了一定时期的思想文化现实和社会发展现实。从狭义上来说，英美文学主要是指英国、美国的文学，是文学著作本体的发展，其文学风格经历了不同社会阶段的检验，呈现出从写实到自然再到多元发展的趋向。英美文学包括了多种文学体制和文学规范，不仅仅是小说，也有各种流派、各种形式的诗歌。

### 二、英美文学的特征

（一）主题表达透明化

直接而透彻地表述主题是英美文学的显著特色，许多文学作品都是采取白描的手法把写作的方向和所表达的情感表现出来。在近代的英美文学中，这一特征表现得尤为突出。现实主义流派发端于欧洲大陆，流行于北美国家。从某种角度来看，英美作家在写作过程中，极少出现伏笔，虽然也用有悬念的内容来吸引读者，但在情境、语言等细节方面没有过多的描述，使阅读过于表面化。

（二）推崇现实性主题

真正可以被称之为经典之作的英美文学作品往往都是近几百年才问世的。之所以会有这些文学作品的产生，就是因为历史和文化在客观上推动了现实主义的发展。自从大英帝国强盛以来，在这漫漫历史长河中，实用、进取、冒险、强权这些具有标识性的符号便融入文学之中，加之远洋航海、工业革命、经济全球化发展等历史事件的推动，英美文学在累积以往创作经验的同时，倾向使用现代主义表现手法，用现实乃至超现实主题进行创作，许多年后又涌现出现实主义、超现实主义等流派和思想潮流，英美文学更加推崇现实内容，侧重现实描写，并用文化影射现实，以此打造英美文学的主流内容。

（三）凸显快速发展节奏

英美文学的另一个显著特点是行文节奏明快和阶段性明确。就整体而言，英美文学的发展是加速前行的。自从英美文学成为一种成熟的文学形态以来，其发展进程在一定程度上呈现加速发展的势头，几十年间就可以产生许多新思潮、新文风、新方向，随之孕育出一批杰出的作家及文学作品。从某种意义上来讲，英美文学的流派纷繁复杂、系统庞大，其他国家及地区的文学系统很难与其相比，超验主义、黑色幽默、自然主义、非虚构小说、达达主义等均源于英美文化，并在全世界范围内传播且被认可。通过对英美文化类型、特点及发展历史进行分析可知，英美国家的政治、经济、文学氛围、科技等发展与文学发展步态一致，为文学发展创造了条件。伴随社会新型矛盾的产生，文学话题及价值取向也随之发生变化，使英美文学的创作得以在精神、物质的支撑下大步向前迈进。

（四）吸收多元化养分

英美文学在发展过程中除了以本土经济、政治、科技、文化氛围为依托外，还积极吸收多元文化营养，如移民文化等，使英美文学更具包容性、发展性，在其他国家、地区文化的影响下，碰撞出不同的文学创作火花，并在英美地区的文化氛围中进行"加工"，形成富有英美文学特色的佳作，传播到世界各地。多元文化的碰撞使英美文学在短期内飞速发展，并掀起发展高潮，获得丰硕的发展成果。

英美文学在漫长的历史发展过程中形成鲜明的文学特点、风格，并且取得诸多成就，这些成就及文学特点与英美地区的历史、政治、经济、文化氛围、科技等客观条件的发展息息相关，使英美文学既具有独特性，又具有包容性。

# 第二节 英美文学的价值与现实意义

## 一、英美文学的价值

### (一) 人文主义价值

英美文学中蕴含着诸多人文主义精神,其表现方式具有一定差异,因此各类人文主义精神也有所区别。人文主义主要存在于经济初步发展时期,能满足大众思想上的需求,具有导向作用,其中所蕴含的精神价值内容较多,如自由、平等。① 该思想改变了中世纪欧洲的现状,让大众能充分认识自己,以人文主义为依托,分析相应的现实问题;让大众更加重视物质追求,明确自我奋斗所带来的意义。所以,在人文主义的引导下,大众更有反抗不公的力量,解放精神,实现自我飞跃。该思想的核心在于以思想理念为入手,塑造全新的精神世界,让大众拥有追求爱与理想的力量,同时也影响了当时的社会面貌,形成了全新的社会风尚。

英国文学发展历史悠久,在世界文学体系中都具有不可撼动的地位。英国文学主要是反映当时的社会面貌以及人文风景,因此英国文学能够充分展现人文主义精神价值之所在。英国文学中大部分作品都具有明显的人文精神,如莎士比亚的文学作品,通过分析莎士比亚的文学作品,可以明显看出其大部分作品都体现了独立意识和主观思考能力。莎士比亚的文学作品与其余文学家的作品相比,更加侧重于人文思想的内涵。其作品主要是从底层逻辑入手,分析表面现象下的价值,所以莎士比亚的文学作品更能展现英国文学中的人文主义精神。

而美国文学中的人文主义精神主要兴起于 19 世纪,美国由于自身社会的特殊性,因此较少受到宗教信仰等因素的阻碍。美国作为移民国家,社会底层人群较多,为人文主义的发展提供了良好的环境。纵观美国文学作品便能明显看出,其人文主义精神较为多元化,展现了人文主义的特性。

---

① 纪靓. 探讨英美文学的精神价值及现实意义 [J]. 中国民族博览,2022 (23):18.

## （二）理性主义价值

所谓理性主义是指不盲目追随大众，具有探索精神的启蒙态度。理性主义主要是以审判性思想为主要元素，通过整体世界维度入手，开展论证。因此，在大部分文学作品中，理性主义精神都具有较强的特色。

索尔·贝娄的作品在这方面最具代表性，它延长了现实主义小说的存在时间。[①] 索尔·贝娄的作品在后现代的推动下，展现了现代主义写作技巧，为现代主义小说赋予了全新的价值。通过分析索尔·贝娄的作品可以看出，其作品中各细节描述较为多元化，并且极具现实感。索尔·贝娄的作品阐述了各类错误主义的发生机制，是一种理性的认知，作者所生活的时代处于快速发展阶段，大众过度追求物质生活，而对精神生活关注并不强烈，因此他的大部分文章都是以物质生活与精神生活之间的矛盾为主题。例如，《更多的人死于心碎》，该作品主要展现了工业革命后期的社会面貌，以物质生活为核心，诠释了当时所盛行的享乐主义、消费主义。作者通过讽刺的方式，引导大众在追求物质生活的同时，能够关注自身的精神需求，正确处理物质与精神之间的矛盾。

## （三）黑色幽默价值

所谓黑色幽默，主要是通过喜剧的方式揭露当时社会的压迫，展示大众的悲苦情感，是一种荒诞的表现艺术，体现了在当时社会中面对问题与苦难的无可奈何的态度。通过看似荒诞的表达方式，突破传统文学作品中的语言模式，在一定程度上缓解了悲剧中的厌恶情感，通过大笑的方式展现较为凄惨的情感，是一种无可奈何的情感体验。[②] 黑色幽默与传统文学作品相比，具有较强的特色，将笑声与悲伤之情全面融合，在笑声中透露出悲伤，而悲伤却用笑声来表达。当时的美国物质生活较为丰富，但是情感与精神生活缺失较为严重，社会意识冲击着美国社会，所以当时社会大部分作家在进行创作时，都会应用这种看似荒诞的文学形式，来揭露当时社会的不公以及底层人民无法反击不公的情感。同时，大部分作家都会通过黑色幽默的方式来表达自身的情感，如愤怒、不满等，通过自嘲来诉说自身的欲望。例如，约瑟夫·海勒作为典型的黑色幽默流派大家，其作品大部分是以黑色幽默为主，在《第 22 条军规》这一作品中，作者通过军规的不合理，揭露当时政府的无能以及腐败。

---

① 纪靓. 探讨英美文学的精神价值及现实意义 [J]. 中国民族博览，2022（23）：32.
② 纪靓. 探讨英美文学的精神价值及现实意义 [J]. 中国民族博览，2022（23）：19.

### 二、英美文学的现实意义

（一）激发英文学习的兴趣与动力

在对英美文学作品赏析的过程当中，通过大量的阅读，读者能够更加清楚地认识到东西方文化之间存在的差异性。在英美文学作品中体现的西方文化更加开放，相对来说东方文化则是含蓄内敛的，两者之间形成了鲜明的对比，而这一点更容易引起读者对英美文学以及西方文化的兴趣。另一方面，在不少英美文学作品当中，还包含一些日常口语以及本土特色语言，在不断阅读的过程中，读者可以从中感受到语言的魅力，对英语的感悟能力也会大大提升。这样一来，在阅读的同时还能使读者对英语学习产生浓厚的兴趣，学习积极性也能大大提高。总之，英美文学的学习，需要充分调动学生的学习积极性，从而更好地保证学习效果。

（二）有助于自我发展

一般来讲，英美文学作品中人物形象的感染力和号召力往往较强，既可以传递正能量，同时还能够帮助读者树立正确的观念。对英美文学作品进行阅读时，读者常常能够快速地进入故事情境和氛围当中，体会到人物角色的内心活动和想法，并在无形之中受到积极影响，提升和发展自我。

（三）促进世界文化的繁荣发展

目前，国家之间的联系越来越紧密。通过学习和了解英美文学，能够掌握不同国家之间在文学创作方面的差异和共性，使不同国家之间的文化特点与创作方式互相结合、互相影响，促进世界文化的繁荣发展。

## 第三节　全球化语境下英美文学研究的走向

### 一、从单向度向多维度审美理念转化

回顾 20 世纪英美文学的状况和走向，我们可以发现，在 20 世纪的英美文学中，各种文艺思潮繁多，层出不穷，展现出一幅多元化、多层次图景，不同

国家、不同地区、不同民族的文学已在很大程度上汇入并参与了世界文学的进程，形成了全球化语境下整体性的世界文学。由于哲学、心理学、社会科学、自然科学的迅速发展并普遍介入文学领域，因此文学逐渐走向哲理化、心理化、综合化。随着科学技术的发展和文化传播工具的变革，不同地域、不同国家之间的信息传递量在快速增长，各民族文学、各种文艺思潮之间互相渗透、互相交融，形成"你中有我，我中有你"的新格局和新动向。① 面对这种全球化语境的新时代，我们学习英美文学的历史、现状及其发展进程，也必须具有新思路、新理念和新方法，从单向度审美理念向多维度审美理念的转化，是其中的关键。就文本而言，这些经典文学名著只能去伪存真，不可能再度发展更新，但读者和研究者的审美眼光必须与时俱进。

从单向度审美理念向多维度审美理念的转化，不仅是广度的拓展，更是深度的体现。类似这样的艺术探索，所获得的认知不仅是其审美内涵的广度，感受到的更应是其审美内涵的深度。

**二、从社会历史美学向接受美学和结构美学延伸**

根据不同文本的个性特点，采用不同的审美视角，是文艺批评多元化的必然，也是我们在探索英美文学时所要遵循的基本原则。

有些现实主义题材的作品是最适宜运用社会历史美学视角进行评说的，如英国作家伊丽莎白·盖斯凯尔（Elizabeth Gaskell）的小说《玛丽·巴顿》，通过对小说中人物所处的社会处境和矛盾冲突进行客观分析，读者就可以感受到盖斯凯尔的文学成就。

随着人们视野的拓展、审美观念的转变，接受美学和结构美学的理念开始被人们认同，并逐渐成为当代人研读世界文学的一种新走向。文学作品既然是形象思维的产物，理应按照形象思维的特点进行研究。审美范畴中的观赏性，实际上就是接受美学的概念。观赏的过程和结果，可以因人而异，因时而变。

要从社会历史美学视角向接受美学和结构美学的视角延伸，并非一概排斥社会历史美学，而只是为了说明不能局限于运用单一性的社会历史美学。我们应该承认，即使是经济全球化的 21 世纪，运用社会历史美学视角解读英美文学，仍然不失为一种基本的、行之有效的审美方式。

---

① 张晓平. 英美文学教学研究［M］. 长春：吉林人民出版社，2019.

### 三、文本研究向视听形象研究领域拓展

对于英美文学的研究历来都是以文本为对象的，其中的区别就在于有的着眼于英语原版，有的则从中文译本入手。随着时间的推移，出现了基于原著的缩写本或改写本，涌现出根据原作改编的连环画本以及戏剧的舞台演出本等，人们开始从文字阅读转向视觉形象的普及与欣赏。

19 世纪末人类发明电影，20 世纪电视艺术普及、电脑技术盛行，这为人们接受英美文学开辟出最为快速、最具形象效果的新渠道。科学技术的发展，经济全球化和社会信息化的形成，为英美文学的教学和研究打开了新天地，营造出从文本研究向视听形象研究领域拓展的活动空间。

当代英美文学的研究走向，为什么要从文本研究向视听形象研究领域拓展呢？

首先，是鉴于文学名著改编为影视艺术的普遍性。在英美文学中，大凡优秀的经典名作，都相继被搬上荧幕。

其次，由于文学名著改编的影视剧拥有最广泛的观众——特殊形式的读者群体，构成了消费文化的广阔市场。事实上，许多人是先看了影视剧才去读原著，因此，英美文学的研究者也要正视这种从文学文本到视听感官渠道的转化过程，把视听形象与文本形象联系起来，并做出科学的鉴别、比较与观照。

再次，从文学原著到影视艺术是一次再创作。从表层看，将文学名著改编为影视艺术似乎是件易事，其实不然，名著改编乃是一项十分艰巨复杂的艺术工程。

### 四、从男性作家作品中发掘女性主义

从女性主义视角考察英美文学也是当代文学研究领域的一种新定向。女性文学，既指女性作家所创作的作品，也可指表现女性题材的文学。严格来说，女性文学本来是指女性作家以呈现女性意识和性别特征为内容的文学，具备女性作者、女性意识和女性特征这三大特点，方可列入女性文学的范畴。19 世纪到 20 世纪英美女性作家的作品内容和风格不尽相同，但有一点是一以贯之的，即努力发掘、寻找女性的自我意识和社会地位，反对父权中心文化的压抑与统治，这就是英美女性文学的真正价值之所在。

就国际范围而言，西方对女性主义与女性文学的探讨，大致经历了几个历史阶段。但纵观这些发展阶段，它们忽视了男性作家在构建与丰富"女性主义"这一理念的内涵方面所做的贡献。这正是我们所要认真开拓和探索的新领域。

### 五、从荒诞载体的深层结构把握现代主义

英美的现代主义思潮是一种多元化的开放性的艺术体系。[①] 它以"反传统"为旗号，在题材、技巧上标新立异，力求新奇，在精神上带有唯主观、唯自我的性质，作家们着力发掘的不是外部的客观世界，而是作者主观的内心世界。他们排斥 19 世纪巴尔扎克和狄更斯式的批判现实主义，主张按照弗洛伊德的精神分析学说，描写梦境和人的潜意识领域，追求表现人们一瞬间的体验与感受。凡是具有上述倾向的作家作品，评论界将其统称为现代派。

事实表明，现代主义所属的每一种文艺流派，都有其创作的兴盛期，涌现出一批具有代表性的作家，留下几部或几十部范本式的作品。在反思和总结现代主义百年演变轨迹时，我们也应该看到，现代主义的作品绝非尽善尽美，有的文学流派朝生暮死，有的昙花一现，有的时过境迁。到了 20 世纪末期，世界文学的进程已呈现出向现实主义回归的趋势，这是应引起大家关注的。

那么，什么样的现代主义作品会成为经典呢？现代主义的真正价值体现在哪里呢？如果说 19 世纪前期英美的浪漫主义是以想象性和抒情性而取胜的，19 世纪后半期的现实主义是以其真实性和批判性而取胜的，那么 20 世纪英美的现代主义作品则是以其荒诞性而取胜的。表现荒诞意识始终是现代主义作家的核心课题，而这种荒诞意识又应以演示人类世界共同的生活感受与精神体验为基础。因此，对于现代主义作品价值的认知，不能停留于题材的现象世界，而应从荒诞载体的深层结构中去洞察并把握现代主义生存活力的真谛。

---

① 张晓平. 英美文学教学研究 [M]. 长春：吉林人民出版社，2019.

# 第二章　英美文学与语言审美

英美文学作为当今世界文学领域的重要组成部分，在引领世界文学发展潮流、创新文学形式等方面有重要作用，因此对其语言以及审美艺术等方面的研究是十分必要的。本章分析了英美文学的审美性和艺术性、审美传统以及英美文学的陌生化，赏析了英美文学作品的语言，探索了英美文学作品的鉴赏及阅读审美。

## 第一节　英美文学语言的审美性和艺术性

### 一、英美文学语言的审美性和艺术性的社会渊源

英美文学语言在审美性和艺术性上之所以能够表现出其独特性，与英美国家特有的文化意识形态有着不可分割的关系。英美文化体系强调个人主义、英雄主义情感表达，这在很大程度上使文学作品更加具有独特性，实现了语言本身的灵活性，让语言更加有感染力，提升了表达效果。另外，崇尚自由与开放的社会现实在很大程度上为语言的表述奠定了感情基调，让语言不仅仅作为艺术的表达工具而存在，同时还更加具有现实指向性，拓展了语言本身的维度，丰富了语言本身的意义。总而言之，英美文学作品的语言是作品得以传承和发展的重要因素，是提升文学作品内涵的重要组成部分，对于其他国家的文学发展有着极为重要的借鉴意义，同时也是研究英美文学作品不可忽视的重要层面和突破口。

在漫长的历史发展过程中，英美文学在风格、内容、语言等方面都独树一帜，展现出独特的魅力和艺术性。英美文学的语言特色与特定的社会文化背景以及人们的心理等有着紧密的联系，强调艺术性和实用性的相互统一。此外英

美文学还善于进行创新，使文学作品语言展现出陌生化特色。总的说来，英美文学语言不仅仅是一种语言形式，同时还是独特思维的展现，加上各种语言技巧的使用，强化了语言本身的距离美。研究英美文学语言，对于研究语言的艺术性和审美性、准确把握语言的构成及发展等方面都有着重要的意义。

**二、英美文学语言的审美性和艺术性的表现**

（一）源于现实而又高于现实

英美文学在语言的使用上，是源于现实又高于现实的，这在很多的文学艺术作品中都有体现。例如，《傲慢与偏见》借助于对婚姻问题的讲述，以"法规与原则""人情与爱"等问题为基础，深刻揭示了 18 世纪末到 19 世纪初处于保守和闭塞状态下的英国乡镇生活和世态人情。我们从中可以看出，英美文学在创作时，具有较强的现实性，必须以现实作为依托；同时，英美文学作为一种艺术形式，通过运用合理的语言技巧，使作品达到高于现实的效果，对于主题的表达有很强的促进作用。

（二）戏剧性独白，拉大想象空间

在文学作品中加入戏剧性独白也是英美文学的重要体现，极大地拓展了作品的想象空间。戏剧性独白最早出现于 1857 年，诗人索恩伯里（Thornbury）在著作《骑士与圆颅党人之歌》中的部分诗歌被称作戏剧性独白。例如，在罗伯特·彭斯（Robert Burns）的著作《威力神父的祷告》中，不只能听到主人公的声音，还可以隐约听到作者对主人公的评价，虽然评价不具备权威性，但给作品留下了想象空间。① 这种独特的语言表达形式，能够使人站在客观的角度审视作品，从而引人遐想，给人足够的空间来感悟作品。这种表述方式对于中国文学也产生了较大的影响，开创了新的文学形式，对于文学艺术的推进和发展有着至关重要的作用。

（三）引经据典，实现作品内涵的传承性

研究英美文学作品，不难发现其另一个特点，那就是引经据典，通过借用传统神话、小说中的意象，来阐明道理和意义，丰富了作品的内容，同时也使作品本身更加具有传承性。这样一来，在解析文学作品的时候，往往能够根据特定的内容来了解其背后更多的历史故事，这不仅仅是对作品内容的丰富，同

---

① 高晓燕. 英美文学语言审美性和艺术性分析［J］. 楚商，2015（7）：23.

时也提升了作品的思想内涵，实现了文学作品内涵的传承。

（四）陌生化的语言造就美感

陌生化的语言是英美文学语言的重要特色。[①] 语言的陌生化是语言的创新，对于语言的发展和进步都有重要的促进作用。同时，从美学的角度出发，语言的陌生化通过措辞、语气方式、语言结构的改变，带给人较强的可感性，增强了画面感，彰显了语言的魅力，使读者能够沉浸到具体的文学情境中去，这对于实现语言的建构和传承有着重要的促进意义。特别是在文学后现代化发展的过程中，语言的陌生化与碎片化的表述方式有相通的地方，这在很大程度上革新了语言表达形式，让语言与美学有机地结合在一起，提升了语言的表现力，对文学语言的进一步发展具有重要的意义。

（五）理性思维下的哲学精神

英美文学作品传达给读者的不仅仅是情感，同时还有高度理性的哲学精神，这不仅仅与作者的思想深度有关系，同时也与社会现实达成了普遍的一致性。以贝娄的作品《更多的人死于心碎》为例，这篇小说中的哲学思想以及人物转换关系成为贯穿全文的重要思想基础，肯尼斯与舅舅之间的"我""你"关系、本诺与妻子的"我""她"关系等，不同的人称表述方式其实都是理性精神的作用，在无形中表明了作者的情感立场，揭示了情感的亲近和疏远。这是对工业社会被异化了的人的正面描写，具有很强的现实指控性，体现了文章背后的理性精神，显示出高度的哲学性。

## 第二节　英美文学的审美传统与模糊语言分析

### 一、英美文学的审美传统分析

（一）继承与发扬传统古希腊文化

英美文学主要起源于古希腊和古罗马文学，很多作品都对传统古希腊文化进行了较好的继承与发扬。事实上，古希腊文化本身就是古典时期的重要文化

---

① 高晓燕. 英美文学语言审美性和艺术性分析［J］. 楚商，2015（7）：27.

体系，同时也代表着经典文学的核心内涵。

从传统古希腊文化的实际内容来看，其主要审美特征可以分为三个方面。第一，古希腊的很多文学作品都是对个人力量的崇拜，同时也融入了理想主义情怀。在这些文学作品中，对于男性的描述都重视力量、身体等，将其描绘成个人英雄；而对于女性的描述则侧重于容貌描写，并且女性的面貌大都倾国倾城。第二，古希腊人非常重视个人价值和个人享受，这些元素也直接延伸到文学创作中，出现了神人同等的思想。第三，很多古希腊文学作品对于人物的描写与刻画都非常详细，并通过这种详细的刻画来凸显各个人物的特色。在英美文学的创作中，也融入了这些内容，使得英美文学实现了对传统古希腊文化的继承与发展，使其具有更为显著的艺术内涵。

（二）传承传统基督教元素

英美文学在发展过程中也受到了基督教元素的影响，实现了基督教文化元素的传承。这些文化元素在《圣经》中有较为显著的体现。

第一，部分英美文学作品直接使用了《圣经》中的语言，甚至直接使用了《圣经》中的人名。这种方式也使得英美文学作品可以借助于《圣经》的文学氛围来增加文学艺术内涵。

第二，英美文学作品中关于叙事结构和人物描写等的方式也借鉴了《圣经》的相关内容。例如莎士比亚的很多作品都借鉴了《圣经》的创作方式。

第三，英美文学作品在创作过程中也融入了较多宗教思想。例如，霍桑（Hawthorne）创作的《红字》中对白兰这一角色的设计，就融入了明显的宗教思想。但需要注意的是，英美文学中关于宗教思想的融入已经实现了较好的创新调整，在发展过程中取得了较为突出的艺术创新成效。

（三）追求自由平等权利

英美文学的很多文学流派在创作过程中都蕴含了对自由平等权利的追求。例如骑士文学就通过个人身份的优越感进行人格凝练，最终实现了个人自由思想的集中传播。人文主义文学则直接肯定了个人价值观和个人人性，使得这类文学作品可以较好地实现对平等权利的追求。① 综合这些元素来看，英美文学作品在审美传统方面，有着自由平等的内涵。

---

① 吴靓. 英美文学的审美传统和文化气质分析［J］. 名家名作，2021（9）：29.

## 二、英美文学的模糊语言

（一）模糊语言的表现形式

所谓的模糊语言，就是指语言的内容不具有特定性，是可以弹性化运用的语言。[①] 模糊语言的表现形式很多，一般有模糊词语、模糊语句、模糊段落与模糊修辞几种。在生活中使用模糊语言，可以避免自己没有回旋的余地，或者不能准确地表达事实数据，这时使用一个大概的词语、数字或者语句，免得与事实有相当大的距离而显得不负责任。在文学作品当中，模糊语言使表达效果得以增强，提升了文字的表现力，使文学形象更加丰满生动，寓意更为深刻丰富。

（二）模糊语言对英美文学作品的影响

1. 丰富研究英美文学作品的视角

阅读英美文学作品，可能会因为受到语言文化的影响，不能够准确地理解作者真正想要表达的意图。通过对模糊语言的研究，我们能够从另一个视角理解和解读作者的思想，对英美文学作品做出不同层次的阅读和思考。例如，在《月亮与六便士》一书中，毛姆在描述自己的心情时，并没有直接地表达，而是通过模糊词语的使用，在不同程度上表现出自己内心情感的变化，给予读者想象和产生共鸣的空间。模糊语言在英美文学中特别是在小说体裁中，往往被作者用以刻画具体丰富的人物形象。我们从模糊语言的文学视角研究英美文学可以发现，许多作者在对人物进行刻画时，虽然常常使用模糊语言，但是其中暗藏讽刺，在近现代的英美文学作品中更是如此。

2. 深入理解作者创作思想

语言的直接表达的确能够使我们更加快速地理解其中的含义，但是未必能够完全或者更加深入地理解其中的思想感情。模糊语言在英美文学中的普遍应用所展示出的文学效果较为明显地丰富了文学作品的内涵，展示了作者多方面的文学思想以及在作品中真实表达的意图。因为读者在阅读时遇到模糊语言时，可以有自己的想象和联想空间，以自己的想法思考作者深层的创作意图。[②] 在文学作品中，人物个性是难以具体化的，因此通过模糊性的描述更能够展现人物复杂、多层次的形象。另外，在描写场景时，模糊语言也可以从侧

---

[①]　赵华. 英美文学作品中的模糊语言研究［J］. 北方文学，2020（18）：37.
[②]　赵华. 英美文学作品中的模糊语言研究［J］. 北方文学，2020（18）：41.

面烘托气氛，赋予作品更多的色彩。

## 第三节　英美文学陌生化——从文学审美到作品意识

### 一、文学作品的陌生化与英美陌生化文学

　　文学作品是源于生活的，是对生活、自然、人类以及社会关系的提炼。而上升到文学作品研究的层面时，就需要从作者与社会、自然之间的联系和关系上去挖掘。从这一角度来说，作品当时的历史、哲学、社会学等诸多因素都需要在文学研究中进行讨论，这些都是文学作品中文学性的具体体现。陌生化一词是由俄国学者首次提出的，其对文学的影响却十分深远，文学中的意识流小说对陌生化一词体现得最为明显、最具代表性。英美文学中的意识流小说虽然风格不同，表现各异，但对陌生化的语言形式都有较为明显的表达，特别是对作品中人物心理的阐释，陌生化的语言将无序的心理状态展现在读者面前。意识流的作品不胜枚举，以《尤利西斯》《喧哗与骚动》等作品最有代表性，这些作品都有一个显著的特点，就是用陌生化的语言来细致地刻画出作品中人物心理的整个变化过程。对一部文学作品而言，作品中人物的心理活动是作品所产生时代的价值观、社会观、哲学观与历史等因素综合作用的结果，这些因素都是作品文学性的重要组成部分。因而，陌生化的语言是作品文学性的体现之一。

　　具体到英美文学作品，英美文学的陌生化发展大致经历了三个发展阶段。第一个发展阶段是 20 世纪 20 年代前，英美文学中充斥着现实主义的色彩，这时陌生化的语言主要以描绘风景为主。第二个发展阶段是 20 世纪 40 年代，英美文学陌生化特点初步形成，第一次世界大战使英美作家更加体会到精神世界的无助和空虚，面对战后的废墟，他们对生活的信心崩塌，这时候对美好风景的描绘减少，陌生化的语言开始表达内心的迷乱与空虚。也正是在这个时期，陌生化文学理论开始成型。第三个发展阶段是 20 世纪 40 年代以后，陌生化文学经历了一个高速发展的阶段，语言的巨大潜力与特殊功能被极大地激发，相较之前，其无序化和松散性更加明显，语言形式不再受常规思想所束缚，作品中人物的意识被刻画得更加鲜明，充满了随意性和跳跃性。

　　然而，陌生化虽然使文学作品的语言更具随意性和跳跃性，体现出高度的自由化趋势，但是它仍然不能脱离反应现实问题的主线。从一方面来看，陌生

化文学仍然是对心理的反映。具体到作品中的心理描写手法上，则出现了创新。英美陌生化文学中，常见用传统的现实主义方法来实现对动荡的社会以及风土人情的描绘，同时也在一定程度上借鉴了现代派的手法，将故事中人物的心理进行细致的刻画，能对生活、社会、政治等因素快速而敏感地做出反应。从另一方面来看，陌生化的英美文学作品也是现实社会的写照。作品中充斥着作者对于社会现状的不满情绪，体现出人们对于生活的热爱以及对更加美好生活的追求。

**二、英美陌生化文学中的可感性与可变性**

（一）陌生化语言意象中的可感性

陌生化的语言在英美文学作品中十分常见，通常，陌生化的语言将意象的感知性有力地展现出来，使读者在阅读过程中，能够在陌生化的语言情境中与作品中的人物产生共鸣，进而达到更好的心理认同效果，体现出陌生化语言在文学中的审美张力。以英国著名作家伍尔夫的代表作《到灯塔去》为例，这部作品中"灯塔"成为最大的意象内容。总体来说，可以将整部作品分为三个部分，第一部分讲述要到灯塔去而未能实现；第二部分为时间流逝，人是物非；第三部分讲述了父子俩在十年后终于来到了灯塔，达到了精神上的和谐统一。对读者而言，"灯塔"作为作品的意象，具有较强的可感性，读者能够体会到灯塔所传递的含义——对精神世界的追求。每个人心目中的"灯塔"各不相同，灯塔中明暗的变化，正如人世间的悲欢离合，同时也成为读者心中一个永恒的背景，传达着生命的无常和时间的永恒。在对整部作品的分析中我们可以清晰地看到，《到灯塔去》中的陌生化语言使作品较为自然地笼罩在某种情绪色彩之下，需要读者用心去揣摩和感受，而语言的可感性却十分明显，能够极大地激发读者心中的共鸣。

在形式主义陌生化理论中，可感性被视作基础，将可感性与批评标准范畴、评价主体以及潜在价值主体联系起来，使形式主义在发现作品美感、挖掘文学作品的审美潜质等方面做出了突出的贡献。但是，将所有的创作手法都划为陌生化的范畴，则过于草率。事实上，作者选用某些陌生化手法的目的不仅仅是使读者获得审美认同，更是对读者的启发和引导，在现实的基础之上，从不同的角度挖掘事物所含有的内在精神价值。

（二）陌生化语言表现的可变性

语言在不同情境下进行组合，其可变性所映射出的陌生化特征主要体现在语言本身以及时间叙述、情感转变所表现出的跳跃性。例如，在著名作家詹姆斯·乔伊斯（James Joyce）的小说《尤利西斯》中，布鲁姆在观看排版工排版时，虽然身在报社，但他的思绪又被作者安排跳跃到了其他地方，他想到的是死去的父亲，想到的是犹太人的历史，还有那些东方故园。之后，他的思绪又跳跃到丧礼与教堂上的歌曲。在品读这段文字时，读者能够很清晰地感觉到语言中所流露出的类似于音节旋律的节奏感。再举例来说，莫莉早上从睡梦中睁开眼睛，看时间还早，于是想再小憩一会儿，这时候她睡眼蒙胧，意识开始闪现出来。小说中对莫莉内心独白的描写，以及对她所联想场景的刻画是跳跃式的，并没有固定的方向和秩序。陌生化语言的组合使故事的情节较为随意，其跳跃性也相对明显，这时就要求读者在这些语言中寻求共鸣，使读者在心理上对故事情节产生认同感。

陌生化的本源就是求变，即创新，这也是所有文学艺术手法的根本。我们在一生之中会经历许多琐碎无味的小事，如日常吃饭、睡觉等。很显然，这些事物并不适合被纳入文学作品创作当中，除非经过作者细心的处理，如此陌生化的可变性价值才得以体现。陌生化扩大了文学作品的可变范围，使作者能在此基础上引导读者以不同的眼光看待他们，体会作品所传导的含义，甚至是文学价值之外的精神价值。

### 三、陌生化赋予英美文学的审美张力

#### （一）陌生化手法对意境描绘所体现出的审美张力

英美文学作品中，陌生化的意境创造手法赋予了意境不可思议的审美张力。将意境拆分来看，"意"即作者所赋予作品的思想情感，而"境"则是客观事物的集合。作品的"弦外之音"与"言外之意"，往往给读者带来深刻的审美感受。例如，《雾都孤儿》中，作者通过对客观的伦敦环境的塑造以及人物心理情感的刻画，传达出人物悲惨的境遇，使读者仿佛身临其境，深切地体会作品中的凄凉意境。这种陌生化的意境创造在无形中将作品本身的审美空间扩大了，这时读者的思想有多深、有多大，陌生化的审美张力就有多强韧。

#### （二）陌生化手法的象征意象所体现出的审美张力

对于文学作品本身而言，对客观事物的描绘只是其最浅的层次，而作品中的事物所蕴含的象征意象则是其价值所在。英美陌生化文学作品中，对象征意象的使用十分普遍。其描写的客观事物被赋予象征意义，传达出意想不到的文学效果。同样，陌生化的象征意象，使文学作品的审美张力被扩大。例如，塞

缪尔·贝克特（Samuel Beckett）的作品《等待戈多》就是陌生化象征意象使用的典型。作品中出乎意料的没有情节冲突，没有人物刻画，甚至没有逻辑性的语言，但是戈多却给观众带来了深刻的印象，引起了强烈的共鸣。戈多是谁作品中并没有讲述，但在荒诞的设定之下，戈多却象征了人们的精神需要，对戈多的等待是一种精神的寄托，是人们留存希望的需要。人们在对文学作品象征意象的思考和探求过程中，或疑惑，或恍然大悟。在不断求解的过程中，陌生化手法的象征意象所展现的审美张力得以体现。

（三）陌生化手法对典型人物的刻画所体现出的审美张力

英美陌生化文学作品中的典型人物都是经过作者独特的构造和加工而体现出普遍性与独特性的统一。作品中典型人物的个性应独特、鲜明，而这种独特性又在社会、文化等诸多限制范围之内，需要符合广泛的普遍性。通俗地讲，一方面，典型人物的独特性使之脱离类型化，能够激发读者的新奇感；另一方面，它也应当是对社会、生活等的反映。在对典型人物的不断创造、改进、重塑的过程中，作者将独特的阐释赋予人物形象，形成积淀，进而影响着后人的文学品位。

# 第四节　英美文学作品语言赏析

## 一、《尤利西斯》语言赏析

（一）《尤利西斯》简介

《尤利西斯》是围绕着广告推销员布鲁姆的日常生活来展开的，整个情节限定在其与妻子的纪念日上。布鲁姆以广告推销为生，毫无大志，一日去邮局取信，无意间看到了妻子的情书，并在一个偏僻的角落悄悄打开了它。随后，布鲁姆在去参加朋友葬礼的途中，看到了妻子的情人朝着他家的方向走去，恍惚间他的脑海里闪现出了尸体、埋葬、死亡等荒诞景象。而后，他去报社送广告设计，又去医院看望一位夫人。在这里他遇到了小说中第二个重要的角色史蒂芬。史蒂芬与布鲁姆相见如故，史蒂芬请布鲁姆吃饭，又请他去妓院。但到了妓院后史蒂芬却喝得酩酊大醉，布鲁姆精心地照顾他。他们在彼此的身上找到了自己最为重要的东西，史蒂芬找到了精神层面上的父亲，布鲁姆则找到了心灵上的儿子。回家后，布鲁姆决定告诉妻子自己想要让史蒂芬加入自己的生活。妻子在临睡的瞬间，回想起自己和布鲁姆在一起的很多事情，生活似乎回到了正轨。

（二）《尤利西斯》的语言特色

1. 语言意象的可感性

由于受某些历史文化因素的限制，爱尔兰使用的英文与常规的英文有所区别。身为爱尔兰人，乔伊斯在写作《尤利西斯》时，大部分采用了爱尔兰本土英文，因而给一般读者的阅读带来了不少麻烦。小说中的独白内容较多，使用了陌生化语言模型，许多读者都无从了解作家到底想利用独白表现什么内容，这一点也成了该小说最具争议之处。乔伊斯在撰写该小说时，由于使用了许多创作技巧，小说显得陌生化，但仔细阅读之后，仍然能够体会到其中的语言含义。例如，摩莉（女主人公）回忆与利奥波德（男主人公）热恋的那个片段，被当时不少人称为神来之笔，因为这段内容并没有什么标点，而只是运用了独白，介绍了各种各样甜蜜的东西，如鲜花、音乐厅、咖啡等。

2. 语言组合的超常性

《尤利西斯》这部意识流的文学杰作之所以能获得如此成功，和陌生化语句的广泛使用有着不可分割的关系，特别是在语句组成方面更加超越了常规，使许多初读该小说的阅读者找不到头绪。[①] 从某种程度上来看，虽然《尤利西斯》这一作品在语句的逻辑性上受到了大部分语句学者的批评，但是其中对陌生化语言技能的使用，强烈地体现出作品主人公内心的情感与情绪波动，正因如此，《尤利西斯》受到了广大读者的赞誉，并得到了文艺批评家的一致肯定。

3. 语言运用的变异性

运用陌生化语言是作品的艺术陌生性得以表达的根本保证。在《尤利西斯》中，对陌生化语言的应用主要表现在变化这一方面上，包括了音韵、语义、文字、语言、词汇、语域的变化等。在语言的变化上，乔伊斯大量使用诗意性的用语，由此，小说的语言美感大幅度地增强了；在词语变化上，乔伊斯又推陈出新，创作了大量新颖的词语，而这些词语也在这一作品中大量存在，并有着巨大的表意作用；在句法变化方面，主要包括词汇表层结构的变化，如某些语句的构成残缺不全，尽管这样的句法变化似乎很不好掌握，但从语言陌

---

① 薛燕. 英美文学陌生化语言的特点研究——以《尤利西斯》为例 [J]. 中国民族博览，2022（20）：29.

生性理论的角度来看，它却能够赋予作品美感，并给人一种不一般的阅读感受。同时，打乱语序也是语言变化的另一个体现，这样能够表现作品中人物内心独白的随意性，并表现出人物真实的个性特征。

4. 语言潜在的想象力

在作品中有效地运用语言陌生化，使读者在欣赏作品的同时，也能够体会到语言的丰富想象力。虽然《尤利西斯》中并无太多的连接词，但在编排次序与观点方面却是有某种关联的。这样，人们完全能够根据自己的主体认识和作者的思维状态做出判断和思考。在男、女主人公的爱情中，总是透过目光就可以知道对方的心意，这些画面使读者也可以深入其中，深刻地体会他们彼此的甜蜜。例如，在第八章，作者对盲人做出了相当详尽的描述，包括他们是怎样利用自己的感觉去认识周围世界的，他们会使用指头读书、弹琴，用鼻子嗅出季节和天气，了解每一条街道以及每个人的气息。由此我们发现，借助联想可以对人物形象进行更加精细的描述，进而促进故事的后期进程。这高度的语言陌生化，能够形成一系列的情感，使读者更清楚作品所要传达的实质意思。

## 二、《红字》语言赏析

### （一）《红字》简介

小说《红字》是一部具有浪漫主义特色的英美文学作品，主要讲述了北美殖民时期的一段爱情悲剧故事。小说的开篇是以监狱牢房作为场景，女主人公白兰就在这样的背景下出现了，她怀中抱着一个婴儿，因为通奸的罪名胸口被挂上了一个鲜红的"A"字。众人在绞刑台上对她进行了审判，但是她坚持不肯说出孩子父亲的名字，独自承受着这一切。在对女主人公白兰审判的人群中，有这样两个人，都与女主人公白兰有着特殊的关系，其中一个就是婴儿的亲生父亲，也是对白兰进行道德审判的牧师丁梅斯代尔，这极具讽刺意味；另外一个人是白兰的前夫，他带着仇恨的心理，只想报复他的妻子。出狱之后的白兰带着女儿开始了贫困但是幸福的生活，牧师丁梅斯代尔在见证了对白兰的审判之后，精神开始恍惚，他同时也受到了白兰前夫的怀疑和跟踪，最终心理崩溃。白兰在与女儿生活多年之后，逐渐受到了人们的尊重，但是丁梅斯代尔却因为心理压力太大而选择了自杀。白兰的前夫因为对丁梅斯代尔的跟踪，复仇的心理越来越强烈，后因为仇恨的吞噬也在一年之后死去，最后白兰带着女儿离开了这个伤心的地方，回到了波士顿。

（二）《红字》的语言特色

1. 叙述语言

在《红字》中最突出的语言特点就是叙述性语言，它采用了一种慢慢讲述的方法与叙述性的语言，对整个故事的发展进行了讲述，这样能够使读者掌握整个故事的发展。在小说开头，作者霍桑就描写了女主人公白兰的出场，作为小说的开端，女主人公白兰的出场显得极为重要。白兰在出场时胸口被挂上了鲜红的"A"字，这与小说名进行了呼应，白兰的这一出场形象能够引起读者的注意，达到强调的效果，同时这样的方式也让白兰成为众人关注的对象，由此慢慢拉开了故事的帷幕。在小说叙述的过程中，霍桑采用了叙述性的语言，使得读者能够很快地认识到女主人公白兰、她的前夫以及情人丁梅斯代尔之间的关系。在这样的叙述手法上作者也使用了很多技巧，如在小说开篇，作者并没有用平淡的语言去叙述故事的发展，而是先对女主人公白兰的外貌特征和出场进行了描写，然后再对故事进一步描述，在这样的描述中，将叙述性的语言进一步变化和修饰，这样才能使读者在阅读的过程中充分理解故事情节的发展，并且逐渐了解小说中各人物的性格特征。所以，小说并没有将写作的重点放在描写男女主人公的相识、相爱上，而是把叙述的重点放在了刑场、监狱中，充分突显出小说的描写重点。

2. 象征风格

在小说《红字》中作者运用象征的手法对小说的情节进行了描写。通过象征手法，拉近读者与作品之间的距离，同时创造出读者与作品之间的审美共鸣，使作品在这种审美的感染力中不断升华。作者在小说中通过对另一种事物的描写来表现本应该描写的事物，这就是象征手法中采用具体的意象来对抽象的事物进行描写，从而隐晦地表达出作者的思想情感。运用象征手法进行描写，使小说中的描写变得隐晦。在《红字》中，象征性语言不仅仅表现在小说情节上，还充分表现在小说语言的选择上。例如，小说以《红字》进行命名，其中就有许多情节出现了红字"A"，这样使得红字"A"在小说中具有非常典型的意义。在小说中，作者用了非常多的笔墨在语言上或是在表现手法上对"A"字进行描写，加深了读者的印象，这样读者对小说中主人公的性格特点就有了更加清晰的了解。小说《红字》中将象征手法融入叙述性的语言中，这使得小说中的人物特点和故事情节表现得更加丰富，可以更好地推动故事的发展。

## 3. 隐喻

隐喻是这部小说的一大语言特色，主要体现在作者应用小说中的事物对小说情节进行隐喻，表达了丰富的思想内涵，给读者带来了更深层次的阅读体验。[①] 例如，绞刑台在小说中一共出现了三次，可以说贯穿了全书，给读者带来了一定的悬念。在小说第二章中绞刑台第一次出现，女主人公白兰因与人通奸而被社会所不容，在绞刑台下接受众人的审判，但是她在绞刑台下并没有显露出脆弱的一面，而是表现出了坚强与勇敢，这时小说中白兰的前夫出场了，他出场的主要目的是复仇。绞刑台的第二次出现是在小说的高潮部分，女主人公白兰使梅斯代尔站在了绞刑台上，他进行了深刻的自我反省，同时也得到了女儿珠儿的原谅。绞刑台第三次出现是在小说的结尾部分，最后通过对绞刑台的描写，进行了前后呼应，宣示了主人公的命运。

"A"字在这篇小说中最具有典型的意象，暗含了隐喻的意义。小说以监狱这一场所开场，女主人公白兰怀抱着婴儿，胸前挂着耻辱的"A"字，在众人的审判下仍然拒绝说出爱人的名字，选择独自承受这种批判。在女主人公白兰出狱之后，胸前仍然挂着红字"A"，但这时她已经能够非常坦然地面对。

作品中森林这一形象极具讽刺意味，现实生活中的森林表现出来的是生机，而在《红字》中则是无知的象征，这与现实社会是截然相反的。在小说中，作者描写的是一片很寻常的森林，并没有什么特别之处，但是森林自身又呈现出来比较神秘的感觉。作者就是运用这样一个神秘的森林与现实社会形成了对照，突显出小说中各人物的性格特征和形象特点。森林代表着绿色与鲜活的生命，而小说中的女主人公白兰就是在这样一个具有生命活力的地方接受人们的审判，极具讽刺意味。

## 4. 反讽

在英美文学作品中，反讽是小说的主要语言特点。反讽主要运用与陈述事实相反或是无关的语言传达作品的内容和思想，以此达到披露现实的目的，表现作品内在的思想。《红字》这部作品本身就具有一定的反讽意义，女主人公白兰本性纯正善良，却站在绞刑台下接受众人的审判，更加讽刺的是与女主人公通奸的是在当时社会中极力宣扬道德的牧师。小说中大量运用了反讽的手法，将读者原本的期待和小说描写的现实进行了对比，从而造成了读者的心理落差，强化了反讽的意味。

---

① 朱晓萍. 英美文学的语言审美与艺术研究 [M]. 北京：北京工业大学出版社，2020.

## 第五节  英美文学作品的鉴赏及阅读审美探索

### 一、英美文学作品的阅读及鉴赏价值

（一）了解英美文学作品的创作特征

英美文学作品的内容与结局呈现戏剧、讽刺等特性，使人们对故事情节以及事件的结局始料未及。英美文学作品创作的戏剧化特性，能够更好地反映社会现实，使人们从中感悟生活的真谛，给人们无限的遐想空间。

（二）加深对英美文化的认知，促进英语语言学习

不同民族都具有自身独有的文化特色以及人文精神，而对英美文学作品的阅读与鉴赏，能够使人们更好地理解英美文化。阅读与鉴赏英美文学作品，是以一种简单有效的方式探究英美文化，了解英美文学作品语言阐释模式，培养批判性思维，提升自身文字作品阅读感悟能力。从教育层面而言，因中西方文化的差异性，其语言表达模式也有所不同，多数人在英语语言学习中，以中国语言输出形式来习得英语，很容易出现英语信息的困惑。而通过对英美文学作品的阅读，可以使人们对英语的学习事半功倍。

（三）增强阅读鉴赏思维，塑造阅读鉴赏能力

通过阅读和鉴赏英美文学作品，能够从中受到思想的启迪和教育，塑造更为全面的阅读鉴赏能力。例如，读《环球航行》时，分析主人公弗朗西斯特的冒险精神，看到他不畏艰难困苦、敢于挑战自我，能够自我反思和检讨，再联想自己在遇到困难时的态度，就会有所收获。在阅读品鉴英美文学作品时，能够以更为深入的视角，展开对情节的细微分析，以更严谨的阅读品鉴意识，活化阅读品鉴方式，读懂文学作品中的个人思想。

## 二、英美文学作品的阅读及鉴赏策略

### （一）深入挖掘作品中的民族思想

在进行英美文学作品鉴赏和审美研究时，要对作品的主线脉络进行梳理和分析，融入时代背景，挖掘作品中的民族思想，进而实现作品鉴赏的完整性。以约翰·弥尔顿（John Milton）的作品《失乐园》为例，作者是诗人，他在《失乐园》中用高超的艺术表达形式将自己的革命热情融入人物形象中，描绘了壮阔的时代背景。艰难的生活经历给约翰·弥尔顿带来了创作灵感，其中的撒旦形象也正是他生活中的真实写照。

### （二）加强与作品的情感共鸣

每个人都是独立的个体，其生活环境、教育环境、社会阅历不同，其对作品的理解也不同。英美文学作品的主题和思想是多变的，在进行鉴赏和审美研究时，要通过深层探究，通过与他人的讨论，实现与作品情感上的共鸣，以实现对作品主题和思想的正确把握。《罗密欧与朱丽叶》是莎士比亚的代表作，它是一部悲剧作品。故事以罗密欧与朱丽叶的爱情为主线，情节起伏，突出了爱情与亲情的矛盾。莎士比亚通过亲情和爱情的冲突，突出理想与现实的矛盾，这也是当时社会的缩影。在对该作品进行鉴赏时，首先要了解莎士比亚的创作意图，之后与作者、作品产生情感共鸣，以实现对作品的客观评价。

### （三）理顺文学作品差异，提升阅读鉴赏层次

阅读英美文学作品时，可以在鉴赏的过程中逐渐拓宽英美文学的知识面，针对不同的文学作品，获得更高的阅读鉴赏能力。从文学作品中了解英美文化，鉴赏其中的共同与不同，在差异性的文学作品中，分析文字中的意识形态，感受不同作品中主人公的价值观。另外，从语言学的视角进行分析，英美文学作品中有着较为复杂的语言表达，在阅读和鉴赏中，应该理顺文学作品的差异，深化阅读鉴赏层次；对于跨文化的英美文学作品，应了解其写作背景和人物命运等，凭借深入的阅读和细致的鉴赏，在大量的作品阅读中提升个人阅读鉴赏层次。

### （四）梳理英美文学作品脉络，深入理解作品的意义

英美文学作品中的脉络，是对作品体现的民族思想及其演变的系统梳理和归类。实践证明，通过英美文学作品的阅读与鉴赏，读者可以很好地发展批判性思维，提高审美阅读能力，形成独特的学习方式。

# 第三章　英美文学与文化

英美文学在世界文学之林中占据着举足轻重的地位，是了解西方世界的一个重要窗口。欣赏英美文学，不仅能够提升文学和文化素养，还能丰富知识、开阔眼界。

## 第一节　英美文学的文化气质

### 一、人性启蒙和个性发展

英美文学对于人性启蒙与个性发展也有较多的分析，较好地展现了英美文学的文化气质。事实上，西方国家的个性解放是从文艺复兴时期开始的，并且一直延续到了今天。在这个过程中，英美文学产生了非常多关于人性启蒙、个性解放和个性发展的作品。例如，著名的《罗密欧与朱丽叶》，就描绘了封建家族对于爱情的禁锢，并对其展开了批判；再如文学作品《复活》，就是针对仇恨者和野心家的内心阴谋进行了全面的批判，同时也在作品中鼓励民众积极摆脱封建的权威控制，并积极追求个性发展。[①] 特别是在美国独立战争爆发和解放黑奴运动开展之后，关于人性启蒙与个性发展的文学作品也开始大量出现。例如，文学作品《飘》就以此为背景，诠释了自由平等的思想。而《简·爱》等文学作品也突出了女性思想的解放，使得女性群体具有更加显著的人性魅力和独立思想。这些元素都使得英美文学逐步形成了独特的文化气质。[②] 除此之外，还有很多小说深层分析了人性的特点。例如，《老人与海》，讲述了人类

---

① 孙朦. 微思想：世界名著经典名言名段必读［M］. 北京：北京工业大学出版社，2013.
② 石丽华. 英美文学的审美传统与文化气质研究［J］. 疯狂英语（理论版），2017（4）：24.

的共同弱点，同时也表达了社会民众在面临困难与危机时，表现出的不屈不挠的精神，综合体现了人性的坚韧性。

## 二、现实社会与生活

英美文学起源于古希腊文学和古罗马文学，在其发展过程中也融入了古希腊中的神学元素和英雄元素，即很多文学家都会以神的角度观察人间百态，并将其引入作品当中，对社会现实进行思考与反思。英美文学已经具有了心系苍生、关注现实的元素，这就使得其文学作品具有更加丰富的文化内涵。但需要注意的是，很多英美文学作品对于主人公悲惨命运的描写比较突出，并通过这种方式反映现实社会的人情冷暖，使读者通过作品主人公的命运更好地了解社会的残酷与现实，这也就造成了很多英美文学作品都是以悲剧结尾。例如，在《人性的枷锁》中，作者就描绘了非常多的社会现实问题，引起了巨大的反响。

## 三、较强的批判性

通过对英美文学作品的深入剖析后不难看出，敢于批判是英美文学作品的重要特点。例如，菲茨杰拉德（Fitzgerald）、西奥多·德莱塞（Theodore Dreiser）、马克·吐温（Mark Twain）这些杰出的作家，阅读他们的作品时便会发现，该类作品中饱含对社会现实的强烈的批判意识。特别是马克·吐温，他被世人称为美国批判现实主义文学的创始人，其作品中的批判意识十分强烈，其中的《汤姆·索亚历险记》就比较具有代表性，该作品针对美国固化的学校教育、不良的社会习俗展开抨击，笔触自然，对少年儿童自由活泼的心理进行着力描写，起到了十分强烈的批判效果。

关于英美文学作品的语言，其中一个最显著的特点当属幽默性。经过一系列的艺术加工后，作者通过诙谐的语言、欢快的笔调，创作出引人深思的戏剧效果。在这其中，幽默的传递是多方面的，以幽默的笔风去批判现实，一直都是英美作家乐此不疲的描写手法。例如，《傲慢与偏见》的首章，有一段班纳特夫妇的对白："宾利先生见到你会很高兴的，我可以写封短信由你带去，向他保证，无论他想娶哪个女儿，我都完全同意。"像这类带有讽刺风格的话语，尽管表面上看到会觉得可笑，但这却是班纳特夫人的愿望，使用这种幽默讽刺的语言便直接体现出了当时母亲们的势力和婚姻都与金钱密不可分。再如《雾都孤儿》中写道："孩子们非用汤匙把碗刮得重又明光锃亮了才住手。进行着一道工序的时候（这绝对花不了多少时间，因为汤匙险些就有碗那般大了），他们坐在那儿，眼巴巴地瞅着铜锅，恨不得把垫锅的砖也给吞下去，与此同时，他们下死劲地吸着手指头，决不放过可能掉落下来的汁水粥粒。"通过这样的描写，最大限度地展现了孩子们长期挨饿的窘境，对济贫院的伪善、残忍、冷漠无情进行了强烈的谴责与批判。

## 第二节　英美文学的跨文化视角分析

### 一、跨文化视角下影响英美文学发展的因素

在跨文化视角下讨论影响英美文学的因素，能够发现英美文学的发展受到各种因素的影响，无论是从翻译方面还是从文学作品的发展方向来说，跨文化视角下英美文学的发展受各种主观因素以及客观因素的影响。文学作品的基调与色彩直接反映了一个社会、一个国家的现实状况，总体来说，其一般都具有比较浓厚的地域色彩。想要解读与研究英美文学的发展情况，就应该从文学作品背后的特色地域文化入手，这是研究英美文学发展的前提。

（一）地理位置差异

地理位置的差异在很大程度上决定了不同文化之间差异的形成，影响人们思考问题与看待事物的方式。英国地处欧洲的西部，对外贸易发达，航海业也一度飞速发展，这就形成了英国人在思想方面的开放与多元化。而美国属于移民国家，领土广阔，这一地理特征直接造就了美国文学作品中包容性以及集体性的特征。英美两国自然环境的特点使得其文学作品明显呈现出征服自然的特点，这就是地理位置的差异对于文学作品的影响。

（二）风俗习惯差异

不同国家的风俗习惯直接影响文学作品的语言特点，很多作品的创作都旨在反映现实生活中的民风民俗。英美两国在民风民俗方面与我国差异较大，语言文化背景下思想内涵的差异，也加大了文学作品互相解读的难度。

（三）艺术形式差异

读者在阅读和理解文学作品时要基于作品本身的语言，在理解语言的基础上才能进行深层次的解读。解读英美文学，就要了解英美文学的语言特点，然

后将语言特点与文学作品本身相结合，进一步理解文学作品的内涵，品味英美文学作品的精髓。英美文学作品大多是以人物的内心情感表达为主，以此抒发对于理想的追求，呈现出相对更加戏剧化的艺术效果。从这一点就可以看出，我们在阅读英美文学作品时，不仅要结合时代背景，还必须了解作者在创作该文学作品时对于生活的思考以及生命的感悟。只有深度理解作者的创作情感，才能够真正理解文学作品的思想内涵，推动英美文学在跨文化视角下与他国的交流与融合。

### 二、跨文化视域下英美文学作品中的语言特点分析

#### （一）大多引用经典历史故事来进行创作

与其他文学作品相比较，英美文学作品经常会引用古希腊神话和罗马神话故事，作者从这些神话故事中获取创作的素材和灵感，这就在一定程度上对文学作品的文化底蕴进行了加强。因此，在阅读理解英美文学作品时，首先要对古希腊神话故事有所了解和涉猎，再结合作者生活的历史年代，深入探究文学作品中的时代痕迹，了解不同历史背景下英美文学作品的语言特点。

#### （二）文学创作源于生活并高于生活

英美文学作品的种类较为丰富，在艺术展现形式上也呈现出多样化的特点，这些特点基本植根于现实生活，受到现实生活的影响，使得创作者能够在时代特点下创作出具有时代特征的文学作品。阅读和理解英美文学作品时，要了解作品创作时的历史背景，将时代特点融入文学作品之中，循序渐进地来感知作者想要表达的思想情感。

# 第四节 英美文学的思想培养与跨文化意识培养

## 一、英美文学的思想培养

### (一) 英美文学文化思想的培养

1. 英美文学的教学模式

第一，阅读经典作品。需要注意的是，对经典作品的欣赏务必完整，虽然选取具有代表意义的精彩片段进行阅读也不失为一种好方法，但毕竟破坏了作品的完整性，难以理解其整体意义。因此，只有完整地阅读经典作品才能使读者其领悟到作品的核心价值和意义。

第二，推荐作品。推荐作品的方式异常重要，传统上一般是由教师在课堂上推荐作品，此种方法虽简单但效果较为有限，不如采取更具实际意义的引导方式，将推荐重点放到为学生介绍赏析方式上，如分析、欣赏和理解作品中的主题、人物、情节、语言表达、风格展现等。

第三，读后感。文学作品的阅读和写作是相辅相成的关系，因此可以通过写读后感的方式，完成对作品的艺术赏析。

2. 英美文学教学方法的改变

在教学方法上，英美文学课已经从"教师—学生"的单向输出形式，转变为开放式教学，采用课堂研讨的方式激发学生主动性，完成阅读和理解。教师可以设置课堂讨论主题，开展专题讨论，以作家或作品为主题，使学生在完成资料收集和个人理解后，在课堂上发表对作者或作品的看法，用发散思维的方式理解和学习英美文学作品。

### (二) 英美文学人文思想的培养

教育是一项复杂而长期的工程，学生人文思想教育目标的实现需要各方的共同努力，也需要在目标明确、方法得当的基础上来进行。

高校在英美文学课程设置、目标选择和教学中，要将人文思想教育与教学目标结合起来，制定操作性强的阶段性目标。围绕教学目标制订教学计划，并将教学计划与实际教学统一起来，通过文学透视人生、剖析生活，争取使学生通过英美文学的学习增加英美文化积累。

第一，整合学科资源，优化教学内容。英美文学有着悠久的人文传统，这个传统就是对外在自然的兴趣，对人本身自我意识的表露，对生命终极意义的肯定和探究。文学的价值在于文学的深层含义，而非文学作品本身。要想让学生领悟英美文学的深层含义，需要教师立足于教材之上，对教学内容进行有效讲解和补充。这就要求高校英美文学专业教师要正视文学的人文教育功能，对英美文学教材进行更深层次的解读，同时深挖可以进行人文思想教育的资源，或者结合学生生活与学习实际、其他科目的教学内容来阐释文学的教育功能，以优化教学内容与效果。

第二，创新教学模式和教学方法。英美文学涉及的范围非常广，每一部文学作品都有其独特之处。沿用传统的填鸭式教学方法无法让学生体味到英美文学的魅力和精彩之处。因此，在英美文学教学中，教师要尊重学生的主体性，选择合适的教学方法来教学。

教师可以利用启发式教学法对问题进行有针对性的讲解，鼓励学生发表不同的意见；利用情景教学法创设具有一定情绪色彩、有助于学生形象地感知教学情境，以丰富学生的学习体验，使学生更好地感受文学作品的情感；运用演讲等方式鼓励学生形成鲜明的观点，锻炼学生的辩证思维能力和口才，使其养成提出问题、解决问题的好习惯；运用多媒体教学法，变枯燥的知识为生动立体的图文影像，激发学生的学习兴趣，使学生主动参与到课堂教学中；通过对比分析和人文思想应用性教学，提高学生的文学鉴赏能力，使学生掌握更多的语言表达技能，形成对世界的理性认知。

第三，坚持德育原则，注意培养学生的人格。英美文学是高校中文系学生的主干课程，这门课程在教学方面的要求主要有两个：第一，进行专业基础知识教育，对学生进行智育；第二，对学生进行思想品德教育，塑造学生美好的心灵，培养学生积极的心理品质。这就要求教师在教学中不要仅仅满足于英美文学基础知识的教学，而是要坚持德育原则，注意对学生进行人文教育和品质培养。这时，教师要做的不仅是对作品进行全方位分析，还要帮助学生了解作者的想法，对学生进行价值观教育，使学生形成良好的人格。

## 二、英美文学跨文化意识培养

### （一）英美文学跨文化意识培养的意义

人们在阅读英美文学作品的过程中，应结合作品当时所处的历史环境展开分析，深入理解作品中体现的思想观念、文化内涵，培养跨文化意识。当然，跨文化意识的培养还需要人们拥有对英美文学作品的好奇心，对其中描述的故事情节产生兴趣，从而感受西方国家文化与本国文化之间的不同之处。

英美文学作品与中国文学作品的故事情节有很大不同，例如，在《呼啸山庄》《简·爱》等作品中，反派角色最终会弃暗投明，浪子回头；但在中国文学作品当中，这些反派角色通常都会以悲剧收场。

从跨文化意识的培养方面来说，人们除了认识、理解英美文学作品之外，还需要采用各种方式、渠道学习和了解外来文化。当然，这一过程需要人们学习和理解外来文化产生的历史环境、社会背景，从而深入透彻地认识作者所表达的情感、思想。

（二）英美文学跨文化意识培养的路径

大力培养英美文学中的跨文化意识，推动国家间的不断发展，以此促进世界的和谐发展，使文化进一步融合。

1. 培养阅读兴趣

首先要培养阅读的兴趣，这样才能热爱阅读，才能被书中的文化和知识吸引。

2. 融入当地文化特色

在阅读英美文学时，应该站在英美文化的角度去考虑事物，要知道它们所处的环境。例如，英国作家简·奥斯汀（Jane Austen）的《傲慢与偏见》一书，就是主人公对自己女儿婚姻大事的选择，从书中我们就可以了解到他们对于婚姻的不同态度，也说明当时社会中女性的不幸。那个时代的英国已经开始追求婚姻自由，这也是同一时期下，不同文化所处环境的差异。

3. 通过不同渠道提升自身修养

阅读时我们可以丰富学识，了解更多英美文学知识，但只是单纯地靠阅读去认识英美文学的话，那是远远不够的。现代社会信息如此发达，可以通过网络去了解英美文化的不同，以此来培养英美文学的跨文化意识。

4. 通过影视作品去了解文化差异

现在，有很多优秀的英美文学作品被拍成影视作品，我们也可以通过这些影视作品去了解英美文学，更加直观地了解英美文学作品中的深层内涵。

# 第五节 英美文学经典作品的不同文化底蕴赏析

## 一、《格列佛游记》之人性

### （一）作者简介

《格列佛游记》的作者乔纳森·斯威夫特（Jonathan Swift）出生于爱尔兰，是18世纪杰出的讽刺小说家。① 其作品还有《一只澡盆的故事》《布商的信》《一个小小的建议》等。斯威夫特在讽刺题材的作品风格中独树一帜，无论是讽刺内容还是表现手法，都给人一种清新脱俗又容易理解的印象。他的创作同他的生长环境是息息相关的，生于爱尔兰普通家庭的斯威夫特早年丧父，幼年便开始寄宿生活，住在伯父和远亲家，常年寄人篱下的苦楚让他在分析问题时有不同的视角。斯威夫特的作品以讽刺题材为主，其中最具影响力的作品当属《格列佛游记》，现已被翻译成数十种语言。该作品不仅奠定了他在英美文学中的地位，也为当今的电影界留下了好的题材，相继被改编成动画片、影视片等。当今研究该作品的学者颇多，但大多从讽刺手法或作品题材入手，本书将对《格列佛游记》中人性的善与恶予以浅谈。

### （二）人性的对比

#### 1. 小人国之旅中人性的对比

任职航海医生的格列佛在"羚羊"号的太平洋之旅中受风浪袭击，遇难漂流到了小人国。出于自我保护意识，小人国的人看到格列佛后首先将其捆绑，并将其作为一种怪物全国游行。在此途中，半清醒的格列佛虽不知道发生了什么事情，但他的理智与沉稳让他静静地等待答案。一路的捆绑与不公平待遇并没有使格列佛恼火，他充分利用了自己多年积累的数学、天文知识和沟通能力，以谦虚的态度赢得了利立浦特人的信任，对他放松警惕。恰逢敌国入侵，机智勇敢的格列佛帮助利立浦特国大获全胜。可国王却不满足，他希望格列佛帮助他彻底灭掉敌国，格列佛没有答应国王的请求。此时的立功表现与拒绝已经为格列佛的安危埋下了隐患。第一，他抢了宠臣们的风头，被他们视为

---

① 胥少先. 英国文学诗歌选［M］. 成都：电子科技大学出版社，2016.

眼中钉；第二，国王会觉得格列佛并未为己所用，不得不防。此后，利立浦特国的一次失火更是格列佛不得不离开此地的导火索。他急中生智地用撒尿的方式拯救了皇后的性命，皇后却恩将仇报，说这是格列佛对自己的不敬。另外，加之奸臣的挑拨离间，国王对格列佛动了杀念。

第一章中最具代表性的两个大臣是佛林奈浦和斯开瑞什，分别为财政大臣和海军大将。他们善妒、阿谀奉承，为了争宠无所不用其极。为联手除掉格列佛，他们的阴险、毒辣表露得淋漓尽致，这一切都体现了人性的弱点。而利立浦特国王想要对敌国赶尽杀绝，体现了他的占有欲、没有同情心。利立浦特国内部的高跟党和低跟党的争斗则体现了人类的尔虞我诈、为一己私利自相残杀，暗指了英国当时势不两立的托利党和辉格党。这些都是人性恶的一面。

2. 大人国之旅中人性的对比

有了一次惊险旅程的格列佛并没有放弃自己喜欢的航海事业，再次踏上旅行之路。这体现了他对于理想的不懈追求，更体现了他的勇敢和不畏艰险。与其他船员走失的格列佛来到了布罗卜丁奈格，这里的人比格列佛高二十倍。格列佛被大人国农民抓住，像宠物一样被带到全国各地演出。农民见格列佛快要累死，就趁机把他卖给皇后，榨取最后的价值。这里能看到资本家的身影，以最大限度地榨取剩余价值为唯一目的。面对比自己高大那么多的种群，格列佛临危不惧，不忘爱国。

格列佛对自己的祖国深爱无比，就算承受着社会的压力和生活的苦楚，他仍然心中充满爱，充满对祖国的自豪感与敬意。

3. 飞岛国游记中人性的对比

飞岛国涉及的岛最多，也是讽刺面最广的一个环节。在这里，拉格多科学院的科学家们研究着没有价值的课题，耗费着大量的人力物力；勒皮他岛上的居民被统治着，鞭打着，没有自由地作为社会最底层而苟活着；巫人岛上的统领会使用魔法，可以召唤神灵，穿越空间，还原过去的画面。在这里，格列佛发现自己所知道的历史都是被篡改的、不真实的。

在这里，拉格奈格岛与勒皮他岛人的生活形成对比，其原因是统治者的不同管理方式造成人民不一样的生活状态。而历史的不属实更表现了人类诚信的缺失。在《格列佛游记》中，斯威夫特运用比喻、夸张、排比、对比、拟人、象征等修辞手法，让人到处都能感受到强烈冲突与对比的力量。其故事情节引人入胜，看似记叙了格列佛四次奇异的航程际遇，实则讽刺了 18 世纪英国社会的压迫与黑暗。这一作品又将英国文学史的讽刺题材作品推上了一个新的高度。

### 二、《鲁滨孙漂流记》与《老人与海》中文学意蕴的对比

（一）《鲁滨孙漂流记》

作者在《鲁滨孙漂流记》一书的创作过程中使用了大量现实主义元素①，首先需要提及的便是这个故事创作的原型和背景。作品对鲁滨孙在荒岛上生存的 28 年进行了极为详尽的描述，甚至跨越了普通人的思维局限。但实际而言，《鲁滨孙漂流记》这部作品依旧是将现实主义元素和殖民主义背景下英国典型的文学思想进行了有效融合。整部作品着重描写了鲁滨孙勇于上进、坚忍不拔、勤劳勇敢的精神，读者在阅读过程中便能够结合文章中所描绘的那些人物形象，思考当时人类社会的发展进程以及文明情况，使读者能够更好地提升自己的思维能力。鲁滨孙在荒岛上的 28 年生活是作者描述的重点，虽然整部作品看似是在写鲁滨孙经历过的那些人和事，但实际上是为了表现鲁滨孙这一人物所处的地位以及他自身拥有的那种强烈的信念感。作者通过对鲁滨孙的描写，使我们能够了解鲁滨孙是美国的中产阶级，这是他的社会地位。但是在具体描写过程中，鲁滨孙被作者赋予了一种勇于探索、不安现状的进取精神，而这种精神正是促使其不断出海的动力。鲁滨孙甚至会违背父母的希望和意愿，义无反顾地利用航海来拓宽自己的思维和视野。在面对航海过程中遇到的各类困难时，鲁滨孙也依旧相信自己一定能够完成这项艰巨的任务。从这些内容我们都可以看出，鲁滨孙本身心理承受能力较强，是一个非常有主见的人，也是一个非常勇敢的人。《鲁滨孙漂流记》的写作形式是日记体，但同时也在日记体的基础上进行了说理，大力赞扬了以鲁滨孙为首的新兴资产阶级身上的美好品质，同时也表现了当时的社会背景下英国社会对于个性、自由的追求和向往。

（二）《老人与海》

《老人与海》这部作品的主人公是老渔夫，在故事最开始时，其生活状态和体能状况相对恶劣，而且在其出海捕到巨大的马林鱼之后，老渔夫与大海、大鱼、鲨鱼之间的斗争就完全只能依靠自己的小船和鱼枪，但即便是这样，老人还是一次一次地奋勇搏斗，不肯轻易认输，也不轻易妥协。老渔夫在不断努力之后，最终赢得了胜利。他虽然没有能够成功捕到鱼，但他身上展现出了典型的硬汉特质。

① 吕黛，张煜. 解读英美文学中的智慧 [M]. 哈尔滨：哈尔滨工程大学出版社，2016.

在海明威的笔下，在老渔夫的眼中，大海是能够为自己的生存提供很多非常重要的东西，因此大海表现出美丽的、仁慈的品质，但有时候大海也会表现得非常残忍。因为大海掀起的惊涛骇浪会在刹那间吞噬掉人们的性命，在将这些文学寓意与美国当时的社会背景进行结合之后，我们能够发现海明威在《老人与海》这部作品中描绘的大海，正好代表当时的美国社会环境处于极度混乱的状态之中，极易掀起"惊涛骇浪"，而那些仁慈的、美丽的信念则是美国人民心中对于更为先进、自由的社会的渴望。对于《老人与海》这部小说作品中所描绘的鲨鱼，很多读者直接将其认为是死神的代表，认为这条鲨鱼直接夺走了老人获得大鱼的机会，但对于海明威而言，鲨鱼代表的则是他所处的新兴资产阶级中的邪恶势力。作者还将海面上的风光景色与鱼骨的悲壮进行对比，结合老渔夫孤单的身影，能够更加真实地表现出在当时的社会背景下，弱者想要生存下去，必然面临着更多的挑战与困境，必须不断进行斗争，才能为自己赢得更多的利益。

# 第四章　英美文学与生态

愈演愈烈的生态危机使英美生态文学在 20 世纪生态思潮中得到迅猛发展。作为探寻自然和人的关系的一种独具特色的文学样式，英美生态文学有其源远流长的浪漫主义传统，但是回归自然才是其永恒的主题和梦想。本章从生态视角出发来探究英美文学。

## 第一节　英美生态文学的主要意象与思想内涵

### 一、英美生态文学的主要意象

#### （一）自然的涌现与灵魂的守护

生态问题最直接的就是人与自然的关系问题，对整体的自然范畴和实体的自然现象的描写在生态文学中占有重要的地位。我们说起自然时，总是把它与大地、生命、野性、自由以及本色等联系在一起。自然不仅具有自身的生态内涵和价值，还以其巨大的包容性成为生命得以生存发展的基础和背景。自然是生命启程和回归的地方，是所有生命得以存在和共生之所，是人类文化孕育的摇篮，是生命状态的参照。无论是万物生命在其中栖居的大自然，还是顺应天地法则、生命秩序的自然状态，自然一直处于人类物质和精神生活的重要地位，且与人的生存发展紧紧联系在一起。人类最早的文学就是在与大自然的交往中产生的，生态文学也是在人与自然交往的过程中逐步确立起来的。

自然作为独特的文化符号，为人类提供了一块可以诗意栖息的文化"土壤"。生态文学写作通过人类与土地、与自然、与生命、与故乡以及与家园的血脉联系，在生命体验和情感关照中以生态思想、生命意识和审美批判的目光使自然意象获得了新的文学表现，让我们可以通过自然意象去探寻那种更本源的、隐藏于背后或底层的根源，随着历史的演进不断深化拓展已有的认识和理解。在生态恶化的现实焦虑中，自然是对和谐生命状态的憧憬和重新想象，是人类永远的乡愁之所。

（二）田园与荒野的诗意向往

田园与荒野，是自然具象的典型显现，长期以来一直是人类感知自然的主要场所。田园、荒野的文学描写不仅可以成为现实生态的对照，还能带给读者心理上的回归感。

田园和荒野作为生态文学作家钟情的对象，在传统文学的基础上融入了怀旧意识、家园意识与自然意识。生态文学对田园和荒野的诗意描写和遥望与传统乡土文学的描写有着本质的区别。乡土文学中的山水、田园只是作者写作的背景和与城市文明对照的场景，是与淳朴美好的自然人格相对应的客体，主要彰显的是乡土中的人情美。在生态文学中，对田园、荒野、原生态的生活方式和生命的自为状态，甚至对带有贫穷、落后且封闭的生活状态和荒野之地的审美回望和推崇，不仅成为作家对抗工业文明、城市文明、科学技术、享乐主义以及物质主义的武器，而且还满足了他们对现实生命缺失性体验寻求补偿的渴求。这里的乡村不是已经城市化和工业化了的现代农村，而是传统意义上保持着与大地血脉联系的自然、缓慢、淳朴且厚重的乡村，是与人类相伴千年却仍不失原初、山野气息的乡村。

由于乡村和荒野正受到来自人类的巨大的威胁和破坏，越来越多的文学作品表现了由于乡村和荒野生态系统的破坏导致的自然与人的冲突、紧张和对立。因此，对乡村和荒野和谐生态的坚守也就成为作家生态理想的守望。

（三）乡愁与家园的呼唤

乡愁是从大地、从泥土、从原乡、从"家"开始的，它是人类深层的精神和心理需求，是人类在现实处境和认同危机中对归属的追求和渴望，是对自我身份的定位，是对故乡大地和亲人的眷恋，是无法割舍的血脉相连，是越来越普遍的一道文化景观。世界上的每一个民族和族群，无论他们历经了多少颠沛流离，你仍然可以从他们身上看到乡土留下的痕迹。人类历史上大规模的战争和迁徙，也几乎与人类致力于守卫和寻找家园有关。

"还乡"与"家园"的文学关注往往始于现实生活的困厄、灾难与漂泊，是对母爱、亲情、安居和爱的渴望，它们在不同的文学表达中反复诉说着相似的心理诉求，因此在文学中具有原型的意义。工业革命以来，人的生活越来越陷入封闭、疏离、焦虑、异化和远离本源的痛苦中，"还乡"和"家园"的文学描写在继承原有意义的同时还吸纳了现实话语，来使自身不断得到丰富。生态文学写作可以继承这些母题的合理内涵，站在当代生态立场上使它们获得新的内涵和意义，通过人类与土地、与自然、与生命、与故乡以及与家园的血脉联系，在生命体验和情感关照中以生态思想、生命意识和审美批判的目光挖掘人类历史文化中深层积淀的生态内涵，让它们获得新的表现。在生态恶化的现实焦虑中，"家园"是对钢筋、水泥包裹的坚硬而远离土地的"家"的拒绝，"还乡"是对回归生存本质和诗意状态的渴望，它们是更具精神层面的思乡和回家，是海德格尔（Heidegger）笔下的"返乡"和对家园的"筑居"和"照料"，代表了一种爱护人类最深层的需要和经验的努力。这也表明，现代文明并没有有效地安顿人类的精神生活，现代文明许诺的美好生活并没有实现。生态文学语境中的"还乡"和"家园"由于要对抗人类破坏和污染环境的行为，重构人类的价值体系和主态观念，还乡和重建家园之路会更加艰难，较之于传统的"还乡"和"家园"表达必然更具悲剧色彩。因此，生态文学表达中的"还乡"和"家园"也因此获得了更加丰富的意蕴，把生态文学写作引入了人类最为内在和本源的情愫中。

（四）城市与异化的焦虑

城市和城市生活描写的意义在于它能够让我们很快进入生态危机的现实语境中。其实，城市与乡村一样，同样是人的一种存在，两者之间根本不存在谁高谁低或者谁好谁差的问题，关键是立足于人性的本然矛盾状态。城市生态和乡村生态是相互依存的，是人类生活的两种基本状态。站在生态现实的角度来看，城市人口集中，工业文明对自然的巨大改造及其带来的各种环境问题，使城市环境污染的程度和人与自然关系的异化程度都远远超过了乡村。因此，城市成为作家表达现实生态危机境况的一个重要意象。

与城市生态书写相对应的，是各种各样的异化形象。所谓异化，是对常态的变形和扭曲，它既指向肉体的异化，也指向灵魂、精神的异化。作家们主要通过环境污染、不受控制的生物技术和过度膨胀的欲望所导致的生态灾难，来表现被恐怖的自然环境笼罩和可怕的异化物所充斥的世界，作品的整体基调大多充斥着恐怖、孤独和绝望。

生态文学的异化不等同于西方现代派文学中的异化，尽管两者在手法上都采用变形来强化形象的象征和隐喻效果，都具有文化批判和危机意识的特征，都是对生命本源迷失状态的揭示，但现代派文学中的异化主要表现的是个体生命在现实激烈竞争和紧张生活中的主体感受，突出的是人与人之间关系的冷漠隔绝，是金钱和物质对人的异化和扭曲，是社会作为异己力量对个体生命的挤压，是人对生命感知能力和现实应对能力的丧失，卡夫卡（Kafka）的《变形记》就是其中的代表。生态文学中的异化描写主要呈现的是工业污染和核辐射等生态问题带来的巨大危害，凸显的是现实生态话语的迫切，是对现实潜在生态危机和灾难的想象。

## 二、英美生态文学的思想内涵

### （一）反思批判

反思批判主题是英美生态文学中一个亘古久远的主题。所谓反思批判，其实就是对人类中心主义的批判。人类确信自己在地球上是万物的主宰，是"万物之灵"。人类为了满足自身的欲望，肆意践踏其他生物生存的尊严和权利。在人类中心主义思想的支配下，人们开始了对自然无节制的开发和利用。在科技高速发展的大工业时代，科技使人类更加坚定了征服自然、改造自然的决心，也加速了人们征服自然的进程。

为了改变这种现状，古往今来的生态文学家们纷纷著书立说，期望通过文学的力量促使人类善待大自然，并对人类征服、统治和改造自然进行了持之以恒的批判。例如，卡森（Rachel Carson）在《寂静的春天》中揭露并控诉了农药对大地、海洋的伤害，以及这些工业时代的化学药剂如何扼杀了人类赖以生存的环境。《寂静的春天》发表后，由于卡森提出的问题事关人类的生存，引起了人们的高度重视，并促成了后来环境政策的制定和一系列环保组织的建立。

### （二）责任义务

生态文学特别重视人对自然的责任。今天，人类比任何时候都能感受到生态恶化的威胁，而究其根源生态危机则是人类一手造成的。人类对于生态危机有着不可推卸的责任，生态危机实质上是人类在"人类中心主义"的影响下与整个自然界、整个生态系统对立的结果。生态学家们就"人类中心主义"针锋相对地提出了"生态整体主义"。"生态整体主义"认为，必须从道德上关心整个生态系统以及其他自然存在物，要承认自然界的一切生物都是具有独特价值和创造能力的生命体。人不仅要尊重共同体中的其他伙伴，而且要尊重共同体本身。利奥波德（Leopold）在《沙乡年鉴》中表达的土地伦理观正是如此。既然人类是"生态共同体"中的一员，就有相应的生态责任和义务保护生态系统的可持续发展，缓解甚至消除生态危机，而不应该脱离或凌驾于自然之上，人为地破坏生态平衡。

为了唤醒人类的生态意识和生态责任感，生态文学家们拿起手中的笔，为保护生态环境而摇旗呐喊。他们把曾经美好和谐的大自然、生态环境的现状与即将面临的严重后果用文字呈现出来，引发人们对大自然的依恋，唤起人们的生态意识，增强人们的责任感和使命感，号召人们实实在在地从个人做起，履行自己的生态责任和义务。

（三）重返和谐

生态文学不但大量地报道和描写触目惊心的环境污染和生态危机，用血和泪的事实促人反省，而且还善于挖掘现实生活的诗意美，讴歌美好的生态形象，展示理想的生态社会。在生态作家的笔下，人类与自然的关系不是对立或奴役的关系，而是和谐相处，融为一体。生态文学家们在作品中坚定地表达了一个信念：人类最终应该回归自然。

大自然的无欲无求、质朴天成对于身处现实、挣扎于名利之间，为凡事所扰、为名誉所累的世人来说，无疑是最好的归隐之所。阅读梭罗著名的生态作品《瓦尔登湖》，我们仿佛置身在瓦尔登湖畔，为那美妙的湖光山色所陶醉。瓦尔登湖的四季风景、黎明傍晚、阳光雨丝、花草树木、飞禽走兽、游船鱼虾，还有那个特立独行、离群索居的年轻人的身影，以及他那恬静的生活、宁静的心态、深刻的思想，都深深感染着读者。美的事物可以感染人、陶冶人、同化人，在如此自然和谐的生态环境里，自然之性成了人们随时随地可以效仿的对象。

所有的生态作品，不管是侧重哪个主题，在本质上它们所要传达的思想只有一个：生态危机是自然的危机，也是人类的危机。人类要想从根本上解决生态危机，必须毫不留情地抛弃"人类中心主义"，摆正自己和自然的关系。人类只是自然系统中的一分子，有着自己的生态责任和义务，只有回归自然，人类才能重新找到往日的宁静与平和，这个世界才会重新恢复活力和生机。

## 第二节　英美生态文学的嬗变与现实映射

### 一、英美生态文学的嬗变

（一）从自然生态、社会生态到对精神生态的关注

在第一次世界大战爆发之前，英美已经进入了浪漫主义和现实主义时期。而这时的生态文学作家更注重的是人类和自然生态环境之间的关系，从而通过作品呈现出自然生态、社会生态所存在的问题。到了现当代时期，生态文学作家则将研究的重心转移到了自然生态以及社会生态对于人类精神生态的影响上。例如，美国的约翰·斯坦贝克（John Steinbeck）曾在其长篇小说《愤怒的葡萄》中描述了贫苦人民在大萧条时期的悲惨生活状况，并且对人类破坏生态环境的行为提出了严厉的批评。作者在文章中既表达了自己的生态主义思想，也体现出了自身对于当前人类所生存的生态环境所呈现出来的危机的担心和害怕。

在生态文学当中，生态诗歌主要说明的是人类所生存的生态环境，并且通过对生态环境的描述来表达人类的精神状况。例如，诗人史坦利·默温（William S. Merwin）更关注的是人类的精神状况。他在一些诗歌当中利用生态环境来表达人类越来越荒芜的精神世界。诗歌《黎明时分寻找蘑菇》就表达了诗人对于人类精神状况的关注。该诗歌描述了主人公在山上发现了蘑菇所在的地方似乎自己曾经来过，因此发出感慨，是自己在寻找蘑菇还是蘑菇在寻找自己，最后主人公终于明白自己实际上在寻找自己。诗人通过寻找蘑菇说明了在当前比较复杂的社会生态中，人类将面临严重的精神生态危机。因此，人类需要通过一定的措施来寻找真正的自我。大部分诗人主要是通过诗歌来表达比较深刻的生态哲理，同时也更加关注人类的精神生态。

英国生态文学作品主要以自然作为作品的主体，从而使整个作品充满一种田园气息。英国小说中用乡村来代表伊甸园，而城市则代表着乡村的黑暗镜子，尽显城市的孤独和失落感。英国现当代生态文学作品主要披露了现代工业给人类带来的灾难，描述了人类与自然和谐相处的美好画面。例如，D. H. 劳伦斯（David Herbert Lawrence）就在许多作品中大力批判了资本主义工业文明。多丽丝·莱辛（Doris Lessing）在《玛拉和丹恩历险记》中说明了人类生

存的文化、政治以及前景；而格雷厄姆·格林（Graham Greene）更关注的则是人类在被破坏的自然生态当中所承受的精神危机。在生态诗歌方面，艾略特（Eliot）在《荒原》中描述了人类在战争之后精神世界的崩塌；诗人特德·休斯（Ted Hughes）则通过在诗歌中对动物进行描述来突显人类的残暴。

（二）从自然写作的主题到对毒物描写的延伸

进入现代工业时期以后，高度发达的工业以及科技，使人们征服自然的欲望日益增强，自然遭到更大程度的损坏。这一时期，文学对自然的呈现，尤其是对荒野景色的呈现，是现代美国艺术家非常关注和表达的文学主题，并以此来表现对荒野的喜欢和歌颂。当17世纪欧洲第一批移民迁移到美洲新大陆时，文学对自然荒野的呈现就已经成为很多作家关注的重点。

对于美国文学来说，对荒野的描写是美国作家非常具有代表性的命题，也是美国生态批评文学中最为关键的一种呈现形式，它的宗旨就是对大自然的赞美，回归自然、热爱自然，在文学作品中，多是将自然作为核心进行创作。最近几年，越来越多的文学作品加入了对荒野的描写，如福克纳就经常在小说中描写荒野，他的小说《去吧，摩西》的主人公就是一个拥有荒野情节的人，通过对荒野的描写，福克纳在小说中直接向读者传达了一个真理：只有弘扬环境正义，人和自然才能和谐共处。多以自然为主题的生态文学诗人加里·斯奈德（Gary Snyder）在其很多作品中也有对荒野的描写，表达了其对荒野的热爱和崇敬。

与美国的生态文学多是关注空旷的荒野不同，英国文学作品中对生态的描写，多是因为英国本土历史悠久的浪漫主义田园文学。但是到了20世纪时，英国很多生态文学却还是偏向描绘生态危机以及世界末日的景象。这些文学作品用栩栩如生的画面，向人们展示了人类因为科技进步、化工产品的使用而对生态造成的破坏和为人类带来的巨大灾难。通过在文学作品中对生态危机的描写，使人们意识到科技进步在为人们生活带来方便的同时，也带来了灾难。

## 二、英美生态文学的现实映射

英国、美国生态文学的繁荣，正是因为它们对生态环境的破坏已经到了生态环境所能承受的极限，亟待解决。对英国、美国生态文学的研究，可以将西方的生态文学中的哲学思想和中国的生态哲学思想进行对比，这对促进生态文学的研究、推进中国生态文学的发展、实现社会经济的协调发展具有非常重要的现实价值和启迪意义。

生态文学的出现，是由于人们渴望改善当前严峻的生态问题，而在文学作品中表现出来的积极行动，其目的是要唤醒人们的生态危机意识，重新建立人和自然之间和谐相处的关系。

生态文学作家利用文学的形式将当前的自然生态现状、社会生态以及精神生态三种危机呈现了出来，使读者通过对文学作品的阅读，来思考当前的生态问题，并通过文学的熏陶逐渐改变读者的价值观和行为，使其具备保护生态的意识。生态作家们通过文学作品来展现对生态环境和生活的思考以及价值观取向，对提高人们的生态危机意识具有很大的促进作用。

在英国、美国漫长的生态发展历程中，生态文学的主体也发生了很大的变化，形成了自身的特点，且内容日益丰富。如今，由于人们对生态环境的破坏，生态危机日益严重，人类和生态环境的关系也日益紧张。英美国生态文学作品揭露了当前的生态问题，将人类和生态环境之间的关系重新定义，使人们对生态危机有了全新的认识。可以说，对英美生态文学嬗变的研究改变了人们的文学审美，也给传统文学的研究带来了新的活力和机会，在给读者带来全新文学体验的同时，也创新了文学研究的价值体系。[①]

## 第三节　英美文学课程生态课堂建设

### 一、英美文学课程生态失衡及原因

#### （一）课程因子失衡

课程因子是在英美文学课程教学中最能体现优质教育质量的因素。它在对课堂生态现状进行反映的过程中发挥着关键作用。课程因子主要包括课时、设置以及评价等相关内容。如果课时安排过少，相关教学内容的开展就会很困难。英美文学课程能够帮助学生对英美文学发展史进行梳理，对英美文学各时期的代表作家加以了解。

#### （二）师生因子失衡

师生因子指的是教师与学生两者之间的角色关系，两者之间关系的融洽度决定着教学效果的好坏。其中，教师的教学方法最为关键，如果教师采用填鸭

---

① 王孝会. 现当代英美生态文学的嬗变与现实映射 [J]. 学园，2017（13）：33.

式教学方法，学生只能被动地接受知识，则难以达到理想的课堂教学效果。从英美文学课堂教学上来看，很多教师一味根据时代背景、作者生平的顺序进行授课，授课模式过于死板，课堂氛围死气沉沉，学生的学习兴趣深受影响。

（三）教育设施因子失衡

目前，我国计算机网络技术得到了极大的发展，就英美文学课程而言，其教学环境、学习模式以及教学方式都得到了极大转变。但我国目前很多教师对多媒体设备的应用还处在初级阶段，大多教师没有经过计算机培训，在对其运用的过程中常常出现问题。

## 二、英美文学生态课程生态课堂建设的策略

（一）加强互联网教辅模式建构

英美文学课程的课堂教学普遍存在课堂教学活动和课后学习脱节的问题。课堂上学生处在被动地位，师生互动较少，学生的学习方式主要为记课堂笔记。课后，学生遇到问题很难找到与教师沟通的方式，且无法就某一问题与教师进行深入讨论，最终导致课程教学效果不佳、课程因子和师生因子的失衡。事实上，教育也应顺应科技发展，教师可以将新型社交媒体作为教学辅助手段，解决目前课堂教学所面临的因子失衡问题。

现代社交媒体之所以能成为课堂外延阶段的最佳教辅模式，在于其具备操作便捷、传播迅速、交流时效不受时间和空间限制的特点。这些特质使其在改善传统课堂教学中课程因子和师生因子失衡方面发挥着积极的作用。教师可以利用其功能的多样性来完善课程设计，通过发布图片、视频、音频，让学生从不同的角度了解所学内容。此外，教师可以利用转发、链接等功能，使学生获取更多的知识，增强学习的趣味性。在改善师生因子方面，网络社交媒体为教师与学生搭建了最为便捷的交流和互动平台。学生可以在课堂以外的任何时间和地点登录、发问、留言，或者就学习中的疑点、难点与其他学生和教师进行讨论，而教师也可以便捷地解答学生的问题、参与学生的讨论。在这种交流平台上，师生间的关系变得亲近、平等，尤其有利于性格内向的学生克服胆怯心理，发表自己的观点。教师与学生在这一生态系统中处于双主体地位，丰富了教和学的模式。

以 QQ 群为例，任课教师可以以 QQ 为平台，作为群主建立一个 QQ 群，管理班级学生的英美文学课学习，并邀请班长为管理员。教学环节可分为课前预习、课后讨论、资料共享、读书活动四个部分。教师将作家生平、时代背景

等内容放入课前预习阶段，课上则侧重作品赏析，课后通过 QQ 群布置思考问题，并可针对重点作家上传其代表作品的电子版供学生下载和阅读，定期组织学生参与读书讨论活动。在这一过程中，QQ 群作为一种教辅模式弥补了课堂的缺失，有效地辅助教师完成了包括文本阅读、认知文化异同、陶冶人文情怀在内的教学目标。此外，学生可以利用 QQ 聊天工具的私聊功能与教师及时沟通学习中的重难点，保障课堂教学的顺利开展。

网络教辅模式的建立充分调动了学生的视觉、听觉等多种感官，丰富了教学形式和内容，增强了课堂学习效率，为创建绿色生态课堂做出了贡献。

（二）模式化课堂教学方法

传统英美文学课堂上，教师一般按照时代背景、作家生平、创作生涯的顺序进行教学。这种模式化授课方法注重知识点的识记能力，易使学生养成死记硬背的习惯。教师将自己的观点强加于学生，较为生硬，"鉴赏"二字根本无从谈起，学生只能是"听故事"般处于被动位置。在这种课堂环境中教师、学生间未能保持平等、互动和对话机制，违背了生态课堂所倡导的原则。要想重塑良好的课堂生态环境，我们要转变这种模式化的课堂教学方法。

教师可先通过网络等方式引导学生阅读完整的作品，并在此基础上指导学生分析作品的情节、人物塑造、主题等，鼓励学生与他人分享自己的阅读体验，从而转变课堂中教师"一言堂"的灌输模式，发挥学生的主动性，使其体会到英美文学作品的趣味性。知识学习过程的平衡有赖于知识输入环节和输出环节的平衡。对英美文学课程而言，"读作品"是知识输入环节，"写心得"就是知识输出环节。学生根据课上讨论、课后写作的方式来表达自己的思想，这样可以深化学生对文学作品的理解。学生通过阅读，受到文学作品的艺术熏陶，通过"写心得"提高语言运用能力。此外，将阅读与写作结合起来的训练办法可以避免因为只重输入而导致的死记硬背现象，有效平衡知识的输入和输出，有利于学生形成良好的学习习惯，有益于课堂绿色生态环境的建设。

## 第四节　生态视域下英美文学经典作品赏析

### 一、生态视域下英国文学经典作品《菊香》赏析

（一）《菊香》中人与自然关系的社会根源

《菊香》中的伊丽莎白与菊花有着自然的亲近之感，而丈夫沃尔特却在矿厂中窒息而亡，人类与自然关系的不同状态受到种种社会因素的影响。贝茨一家生活在工业化和机械化的时代，无序发展的煤矿产业不仅破坏了自然环境、切断人与自然的联系，而且给社会底层劳动工人带来了极大的生活压力，甚至破坏夫妻关系和社会关系。从伊丽莎白与沃尔特的夫妻关系、与其他人关系的角度剖析人与自然关系的社会根源，表达了其对城市生活和工业化的厌恶，以及对原始自然生活的向往。

该作品中多次描述火车，火车是工业化的产物，象征着工业文明，而伊丽莎白的父亲是一名火车司机，不断索取、利用自然资源以追求物质财富，与自然相对立。当他谈起他的女婿对家庭置之不顾、把钱花在酗酒上，居然认为沃尔特这一不负责任的行为是理所当然的，显示了他的毫无底线，价值观扭曲，显然与亲近自然的伊丽莎白格格不入。同时，伊丽莎白与邻居们的交往也反映出工业社会对他们与自然的关系的影响。当她到瑞格里家问关于丈夫的事时，瑞格里太太很乐意向伊丽莎白伸出援手。同为女性，邻居瑞格里太太是许多个孩子的母亲，具有较强的生育能力，热心淳朴，也是一位亲近自然的人。这些生活在社会底层的矿工，还留有心底的热情与善良，但他们却无法逃离工业文明的戕害。在物欲横流的工业时代，作为社会物质财富的主要创造者和攫取者，男性趋于享乐主义、追名逐利。矿工处于社会底层，上层社会和现实生活的双重压力迫使其不断向自然索取矿产资源、破坏环境，与自然渐行渐远；而女性的压抑却无处释放，与同样受到工业文明迫害的自然休戚与共。

（二）《菊香》中人与自然关系的精神根源

《菊香》中沃尔特在结婚之初也与伊丽莎白一样热爱自然、关注自然，而物欲横流的工业文明使人们陷入精神困境，追逐金钱和利益的欲望日益膨胀，

沃尔特逐渐迷失了自我、远离了自然，最终失去了生命。伊丽莎白在等待丈夫沃尔特回家的过程中，经历了猜忌、愤怒、担忧的情绪变化，也曾否定菊花的意义、怀疑与丈夫的感情。而面对丈夫的死亡，她从开始的镇定与理性到最后的悲痛、愧疚与敬畏，最终在亲近自然中走向自我独立。伊丽莎白和沃尔特的精神困境以及双方在困境中的改变与发展，影响着他们与自然的关系。人类只有远离充斥着物欲和享乐主义的工业文明，才能重返和谐的精神世界，感受生命的活力，回归自然的怀抱，与自然和谐共处。

从母亲的记忆中可以看出，过去的沃尔特乐观开朗、健壮善良，当他开始工作时还不忘把自己的工资给母亲。在他接近自然、未被物欲纵横的工业文明异化思想影响时，他是母亲的好儿子，也是妻子的好丈夫，是一个"自然人"。沃尔特在步入煤矿产业的初期，是"自然人"的代表，这类自然人往往没有良好的教育背景，却拥有孩童般的天真。然而，在大规模工业化时代，人性日渐异化。结婚后的沃尔特为养家糊口不得不日复一日、年复一年地重复着单调乏味、压抑人性的矿工工作，于是他借助酒精图一时之快，逐渐从好儿子、好丈夫变成了一个酒鬼。工业革命在给人类带来经济利益的同时，也导致环境不断恶化，带来了始料未及的生态危机。大规模的工业化致使人被机械化了，人类社会被机械化了，人类精神也被机械化了。

同时，在丈夫的影响下，伊丽莎白的精神思想也出现了许多变化，与菊花、大自然的关系也随之变化着。在结婚之初，她期待着和沃尔特过上幸福美满的生活。她受过良好的教育，是个有教养的人，可残酷的现实不断摧残着她对未来的美好憧憬，面对艰苦肮脏的生活环境，她精打细算、努力改善家庭的生活水平。生活的压力使她无法包容丈夫在酒吧花钱买醉这一行为，也因为思想上的鸿沟无法与丈夫进行有效的心灵沟通，因此只能自己独自感受自然以排解心中的郁闷、欣赏菊花来重拾和丈夫过去美好浪漫的回忆。同时，伊丽莎白作为女性无法在外工作，物质上不得不依赖丈夫，精神也遭到工业化物欲思想的戕害，在女儿惊叹菊花的香味时甚至会否认，否认和丈夫的感情，否认菊花的意义。所以当听到丈夫去世时，她十分冷静和理智，并没有伤心欲绝，而是在计划丈夫死后的生活。此时，象征着夫妻爱情的菊花枯萎、凋谢，伊丽莎白与菊花的联系、与美好回忆的联系也随之消失。而当她面对丈夫的尸体时，终于意识到他们之间的问题不仅在于她的丈夫，也在于她自己。她带着恐惧和羞愧看着那具她曾经误解的赤裸裸的身体，心中充满着对他的悲伤和怜悯。伊丽莎白似乎突然顿悟：她拒绝的不是过去健壮、精力充沛的身体，而是沾满煤灰的身体，是被工业化压迫和摧残的身体，是人性遭到异化的身体。最后，伊丽莎白想到现在的两个孩子和尚未出生的胎儿，她知道她不得不面对接下来的一切窘迫现实，但她必须坚强、独立地迎接生活。

## 二、生态视域下美国文学经典作品《瓦尔登湖》赏析

### （一）《瓦尔登湖》中自然生态观的体现

梭罗（Thoreau）用细腻的笔法勾勒出一条优美和谐的河岸，他用文字精确描绘了瓦尔登湖的线条结构、色彩和形态："那弯弯曲曲的湖岸，恰又给它做了最自然又最愉悦的边界线。不像斧头砍伐出一个林中空地，或露出了一片开垦了的田地的那种地方，这儿没有不美的或者不完整的感觉……这里看不到多少人类的双手留下的痕迹。水洗湖岸，正如一千年前。"① 梭罗不受任何幻想和习俗强加于人的各种价值观的限制，而是让人们聆听到了大自然的教诲：在大自然中，人无疑有能力来管理和提升自己的生活。每个清晨他都接受了大自然愉快的邀请，开始一天的简单生活。蚊虫微弱的吟声都可以像荷马的安魂曲一般深深打动他，向他宣告世界的无穷无尽和生生不息。每一天都是新鲜的，都是重生的日子。让微风拂去心灵的尘埃，让阳光消散生命的阴霾，让树木给予慷慨的怀抱。每一天，每个人都可以成为更好的自己，在尊重自然、同世界和谐与共的同时，让这个世界变得更加美好。梭罗诚恳地呼吁，人们必须学会保持清醒，但不能用机械的方法，而应寄托无穷的期望于黎明，那样即便在最深的沉睡中，黎明也不会抛弃我们。

此外，《瓦尔登湖》呼唤着一种和谐的自然与人的相处关系：如果人类能够拥有无限的视野，审视水与土的关系、土与树的关系、树与石头的关系、石头与天的关系，就不难发现，整个生态呈现出的是一个完全和谐的状态，美在大自然中随处可见。在令人敬畏的壮美风景中，人处于无足轻重的位置，自然才是永恒。人类虽然微不足道，但是"人类中心主义"使人凌驾于自然之上，不但建立了人与自然的二元性，还赋予了人在自然面前的优越感。对此梭罗只有无奈地感叹道："自从我离开这湖岸之后，砍伐木材的人竟大砍大伐起来了。从此要有许多年不可能在林间甬道上徜徉了，不可能在这样的森林中遇见湖水了。我的缪斯女神如果沉默了，她是情有可原的。森林已被砍伐，怎能希望鸣禽歌唱？"②

① ［美］梭罗. 瓦尔登湖［M］. 徐迟，译. 北京：人民文学出版社，2019.
② ［美］梭罗. 瓦尔登湖［M］. 徐迟，译. 北京：人民文学出版社，2019.

梭罗是把田园道德论发展为近代生态哲学的最主要的人。① 用自然最为接近的意象探讨与之最为淳朴、最为直接的接触，这是一种对绿色的呼唤。

### (二)《瓦尔登湖》中社会生态观的体现

梭罗在瓦尔登湖的短暂生活代表了一种追求完美的原生态生活方式，表达了一个对当代人很有吸引力、也很实用的理想。梭罗选择在瓦尔登湖畔离群索居，从根本上说是一种与社会体系和社会制度抗争的生态观。他的思想带有美化自然的价值判断色彩，其自然中心主义的思想未能充分重视人类发展的可完善性及欲求的合理性，他对美好生活的思考与实践具有个人精英主义色彩，他倡导的消极抵抗策略在推动政治与社会变革方面效力有限。

### (三)《瓦尔登湖》中精神生态观的体现

在《瓦尔登湖》中，梭罗写到他希望重建精神家园的缘由："我到林中去，因为我希望谨慎地生活，只面对生活的基本事实，看看我是否学到生活要教育我的东西，免得到了临死的时候，才发现我根本没有生活过。我不希望度过非生活的生活，生活是这样的可爱；我却也不愿意以去修行过隐逸的生活，除非是万不得已。我要生活得深深地把生命的精髓都吸到，要生活得稳稳当当，生活得斯巴达式的，以便根除一切非生活的东西……"②

在生命最后的十年里，梭罗那本专注而严肃的 200 万字的日记，足以证明他是严谨而认真地度过这十年的。他在挖掘自己完整的人生，具体表现在以下两个方面。

#### 1. 奉行极简的生活

绿色生活方式的本质是最大程度地尊重生态平衡、节约资源、保护环境、减少污染。《瓦尔登湖》充分体现了人的发展不只是物质财富的积累，而是精神世界的不断充实，是人格的不断提升，是人与自然以及人与人的和谐。梭罗通过对繁华世界的摈弃，传达了人应该过更为本色、本性的生活。他将敏锐的触角伸向了鲜有人迹的崇山峻岭，与苍松、虫鸟为伴，以逶迤、沉郁、肃穆的山涧溪谷为墙，为的是体验一种以自然为邻、真正属于自己的生活。他每天忠实地奉行着朝圣仪式和简单生活的原则，日复一日。他严控食量，黎明即起，用冷水冲浴，忍受某些艰难，通过在一些细微之处所做出的努力，净化着

---

① ［美］唐纳德·沃斯特. 自然的经济体系生态思想史［M］. 侯文蕙，译. 北京：商务印书馆，2007.

② ［美］梭罗. 瓦尔登湖［M］. 徐迟，译. 北京：人民文学出版社，2019.

他的灵魂。

2. 追求更高的生活法则

最高的生活法则是什么？梭罗认为是善。"善恶之间，从无一瞬休战。善是唯一的授权，永不失败。"① 让精神和意志去解救肉体，直至兽性慢慢消弭，人性的尊严才会日益彰显。

---

① ［美］梭罗. 瓦尔登湖［M］. 徐迟，译. 北京：人民文学出版社，2019.

# 第五章　英美文学与批评

在文学领域，文学批评是一种深刻、深入的文学赏析和评价活动。在英美文学中，文学批评具有十分重要的地位和作用，其对文学作品进行了拓展，极大地推动了英美文学的发展。

## 第一节　英美文学批评史简述

### 一、英国文学批评史简述

#### （一）文艺复兴时期的英国文学批评

英国的文学批评有着深厚的经验主义哲学传统并以其对不同历史阶段的灵活反应见长。文学批评虽在不同的时代有不同的侧重点，但它们总是围绕着一些基本问题展开讨论：如文学的本质、作用和价值、作家的身份和地位、作品的评判标准，文学与社会的关系等。一部文学批评史就是一部反复书写的思考观察史。

纵观历史，英国文学批评的起步相对意大利、法国等要迟缓延后，这与它们民族语言的漫长确立过程不无关系。直到 14 世纪末，以伦敦英语为核心的标准英语才牢固树立起其作为不列颠民族语言的地位。早期英国本土的文学批评活动中有一位值得一提的印刷商威廉·卡克斯顿（William Caxton），他依靠自己的判断，筛选他认为有价值的文学作品印刷出版，并在作品的序中陈述取舍的理由。卡克斯顿独具慧眼，在众多的文学作品中认定杰弗雷·乔叟（Geoffrey Chaucer）的诗歌是优秀的，他的创见和立场成为英国文学批评早期活动的一个明证。但总体而论，整个 15 世纪，英国文学批评还是难成气候。

到了文艺复兴阶段，人本主义、自然主义和科学主义为文学创作推波助澜。如火如荼的文学创作也引发了人们对英语语言和文学本质的严肃思考。英国文艺复兴面临的主要文学问题是如何将古典传统的异域模式和理念与本土传统相融合，因而英国文坛逐渐兴起一股古典修辞研究的热潮。以托马斯·威尔逊（Thomas Wilson）、约翰·切克（John Cheke）、罗杰·阿斯克姆（Roger Ascham）为代表的古典修辞派的研究成果引发了人们对英语修辞学和诗韵学的关注和兴趣，从而进一步增强了英语作为民族语言的表现力和思辨力，使英国文学批评的发展轨迹也从粗浅的印象感悟发展到不同观点的碰撞与交锋，使文学批评的自觉意识不断巩固和增强。

以"人的发现和世界的发现"为主旋律的英国文艺复兴实际也为思想文化领域中的个人主义复兴拉开了序幕。这股文化洪流也必然包括极端个人主义、拜金主义与纵欲主义的因素，由此相伴而来的创作失序促使批评家把目光从修辞学、诗体学等研究语言应用的领域转向对文学本质、文学的存在规律与发展的理论思考。同时，意大利、法国的文学理论发展也为英国文学理论的起步创造了良好的条件。锡德尼（Sidney）融合古典的人伦理想和同时代的人文思想，阐明自己对诗歌的本质和功用的认识，并以古希腊罗马戏剧的和谐完整和高雅庄重为标准，对与他同时代的"无序自由"的戏剧创作进行评论。他的《诗辩》涵盖了丰富的理论内容，从哲学层面探讨了诗的模仿本质、形象虚构及其教育与怡情的双重功用等文艺复兴时期文学理论的基本问题。

相对锡德尼的诗论激情，本·琼生（Ben Jonson）的戏剧理论则多了一份冷峻。琼生的戏剧理论轮廓清晰，尤其以喜剧理论方面的论述最为出彩，可以说是创作狂欢时代的理性声音。琼生从文学价值的永恒性和普适性的角度，肯定了艺术规则和技巧的价值，以及在一个批评不受重视的时代保持严格批评标准的必要性。琼生的戏剧批评内容广泛，最具特色的是他的癖性理论和关于戏剧情节的论述。他对一些剧作家用粗鄙低级的内容换取观众庸俗快感的做法进行了严厉批评。

文艺复兴时繁荣的文学创作给随后的文学批评带来了更为清醒深入的理论认识。到了17世纪，随着笛卡尔（Descartes）的唯理论的兴起，人们开始对文艺复兴以来的思想和文化现象进行冷静的反思和批判。

德莱顿（John Dryden）是英国新古典主义批评的集大成者。他的批评思想的一大鲜明特点是始终保持古典权威与人性常识之间的张力。一方面他对新古典主义批评规范如模仿自然、寓教于乐等表示接受和继承；另一方面他对诸如"三一律"等刻板的新古典规则并不亦步亦趋，而是将其与英国戏剧传统相结合，使两者和谐并存。德莱顿还以其直接、清晰和均衡的批评判断进一步确立了英国优秀的文学传统。

（二）18 世纪的英国文学批评

英国 18 世纪的文学批评正是在启蒙时代的背景下形成了自己的特征。英国并非启蒙运动的先锋，但却是启蒙思想的发源地。培根（Bacon）、霍布斯（Hobbes）、洛克（Locke）、牛顿（Newton）等人的经验主义思想对本土及欧洲大陆政治、文化和思想的影响是巨大的，对启蒙运动的影响也是不可低估的。洛克在《人类理智论》《政府论两篇》《论宽容》等论著中提出了哲学、心理学、政治等方面的主张，为英国乃至欧洲的启蒙思想奠定了基础。及至18 世纪，以他的观点为代表的经验主义仍是英国的主流思想。与此同时，来自欧洲大陆的理性主义也逐步在 18 世纪的英国扎根。

18 世纪英国重要的文学批评家有诗歌批评家亚历山大·蒲柏（Alexander Pope）和小说评论家丹尼尔·笛福（Daniel Defoe）、亨利·菲尔丁（Henry Fielding）、塞缪尔·理查逊（Samuel Richardson）以及劳伦斯·斯特恩（Laurence Sterne）等人。蒲柏既是诗人也是诗歌评论家，其创作与批评活动主要集中在 18 世纪早期，他以讽刺诗和英雄双韵体见长，诗风隶属新古典主义。他秉持着新古典主义的批评理念，继承了古罗马诗人和文艺评论家贺拉斯以及法国新古典主义文艺批评家布瓦洛的主要思想。笛福则通常被看作是英国小说的奠基人，同时他也是一位批评家、新闻记者以及檄文作家，其作品主要发表在17 世纪末和 18 世纪早期，涵盖内容广泛，涉及政治、犯罪、婚姻、心理、小说创作原则等。就文学批评而言，笛福关注小说样式及小说真实性等问题，这些成为日后小说创作尤其是现实主义小说创作原则的基础。小说家和剧作家菲尔丁也是一位重要的批评家，他的文学批评观点涉及小说表现手法和小说主题等方面。小说家与批评家理查逊的创作时期与菲尔丁大致相同，他的书信体小说闻名英国乃至欧洲，他被视为书信体小说的开创者，他的文学批评则主要涉及书信体小说的形式与内容等方面。作为小说家和牧师的斯特恩著有小说与布道文，是心理小说的先行者，其批评主张集中体现在他的小说作品中。

在 18 世纪的英国还有许多批评家值得一提。批评家、传记作家兼词典编撰家塞缪尔·约翰逊（Samuel Johnson）是新古典主义后期的代表人物之一。他在《诗人列传》中给出了有关诗歌创作与传记写作的批评主张，还在为《莎士比亚》所写的序言中发表了有关戏剧创作的见解。约翰逊在一定程度上强调文学作品的道德功用，反对文学作品在内容与形式方面的粗鄙。约翰逊还强调，诗人不可因古废今，不应刻意堆砌所谓的诗歌语言，而应使用现实生活中朴素而平实的话语。传记应以真实为原则，为了获得真实，要允许使用虚构的创作手法，同时，不可为了维护社会道德而牺牲生活的真实性。在戏剧批评方面，约翰逊倡导作品反映现实生活和人性本质，并且约翰逊还在一定程度上肯定感伤小说和哥特小说的创作成就。总的说来，约翰逊的批评主张体现了新古典主义的基本原则，但也预示了英国文学批评转向浪漫主义的可能性。被弗吉尼亚·伍尔夫（Virginia Woolf）称为"英国小说之母"的范妮·伯尼（Fanny Burney）的批评观点也值得一提，她认为小说和小说家应在文学领域享有一席之地，这一主张为小说的发展与成熟贡献了力量。

总的说来，英国18世纪的文学批评因其自身的特点，尤其是因为小说批评在这一时期兴起而成为英国文学批评史上的重要阶段。以蒲柏思想为代表的新古典主义诗学主张，与笛福、菲尔丁、理查逊和斯特恩等人对小说这一文学样式的探讨，形成了英国启蒙时代的文学批评主流。

**（三）19世纪的英国文学批评**

浪漫主义文学是18世纪末法国大革命时代的产物，到19世纪快速发展，是19世纪文学代表作品中的一个重要流派。浪漫主义文学最早出现于英国，英国涌现出了大量的浪漫主义作家，他们代表了欧洲浪漫主义文学的最高成就。在这一时期，浪漫主义大致可以分为两个流派：①消极浪漫主义，即代表作家大多采取消极避世的态度，文学作品的内容较多地留恋过去；②积极浪漫主义，即代表作家大多采取积极应对的态度，文学作品的内容较多地正视现实，同时批评现实社会中的黑暗面。

**1. 泰勒·柯勒律治（Taylor Coleridge）在消极浪漫文学中的生态批评**

柯勒律治少年丧父，一生基本上是在贫穷病苦和鸦片的阴影中度过的。受生活经历的影响，其对于工业革命和城市文明比较厌恶，更加向往自然与农村生活，其代表作品《古舟子咏》就体现了这一点。《古舟子咏》讲述了一位老水手奇特的航行经历，在航行过程中，他遇到了冰雪、大雾，一只信天翁飞来指引他航行到了一个安全的地带，可是他却无故将信天翁射杀，此后，海上无风无浪，但船只无法航行，水手无处安生。后来，老水手每天都忏悔着这一切，于是在看到海蛇后涌起了对自然万物无尽的爱，正是因为他对自然的怜爱，天使出现救下了所有"死去"的水手。

在诗歌中，柯勒律治将信天翁比作自然界的保护神，如果人们不尊敬自然，那么自然与人类的和谐共处就会被打破，人们也会受到自然的惩罚。这种互相伤害似的惩罚，对于自然和人类双方而言都是极其惨痛的。令人庆幸的是，诗歌的结尾，老水手对大自然充满了关爱与敬畏之心，而自然也对老水手以诚相待，帮助人们的生活回到正轨中。

## 2. 约翰·济慈（John Keats）在积极浪漫主义文学中的生态批评

济慈是浪漫主义文学中擅长描绘自然景色的代表，在其代表性文章中，对自然的描绘都非常华美。《秋颂》是济慈描绘自然篇幅较多的诗歌，其创作背景是在 19 世纪印尼特火山爆发后，受火山爆发的影响，英国的天空都是灰暗的，直到三年后的秋季，自然环境才逐渐恢复过来。温润迷人的秋季来临，欣欣向荣的果实生长，这一切触发了济慈的内心情感。他在《秋颂》中描绘了一个安宁且和谐的秋景，在诗歌结尾，济慈感叹道："啊，春日的歌哪里去了？但不要，你也有你的音乐——"此时，飞虫、微风、蟋蟀、知更鸟、羊群、燕子等自然界的一切和谐共处，让诗人流连忘返。

在他的诗歌中，诗人都是客观存在的自然万物，表现了济慈对美好生活的向往，也表明了他对自然的敬畏之情，自然所带来的灾难后果是需要很长时间去愈合的，这也从侧面反映出诗人对于工业革命带来的破坏的忧思与不满。济慈作为积极浪漫主义的代表，在诗歌结尾描绘的完美秋景也引起了读者内心的共鸣，使人们意识到自然对于人类生活的重要性。

### （四）20 世纪的英国批评文学

20 世纪的理论界流行着一种"悲剧消亡论"的观点：悲剧在进入现代社会之后就已经走向衰亡，甚至消亡。从理论渊源上来看，关于现代社会"悲剧消亡论"的先声可以一直追溯到尼采，《悲剧的诞生》是对悲剧进行"重估一切价值体系"式的现代性审视。但是，由于尼采的观点更多的是从哲学层面上对悲剧精神进行阐发，在当时的文学界并未引起多大的反响。而真正从历史唯物主义和社会演变的角度明确宣布悲剧已经日薄西山、伟大的悲剧艺术将不再的是 l961 年英国著名理论家斯坦纳（Steiner）所发表的《悲剧之死》。1964 年，雷蒙·威廉斯（Raymond Henry Williams）对斯坦纳提出的问题做出回应。在威廉斯的现代悲剧观的基础上，40 年后的特里·伊格尔顿（Terry Eagleton）从更为宏阔的背景和文化视野对这一问题也做出了回应。纵观斯坦纳、威廉斯、伊格尔顿关于现代悲剧的讨论，反映出理论家在对现代悲剧的存在与消亡问题的思考中，开始从悲剧的角度来看待现代社会问题的转向。

不同于威廉斯对悲剧传统及其历史维度的强调，伊格尔顿对悲剧的研究明显带有激进的政治立场。更确切地说，这是一部悲剧的政治研究。早在《二十世纪西方文学理论》中，伊格尔顿就明确说明对某个问题的界定往往就是一场政治上的博弈和话语权的交锋，同样，对"悲剧"概念的界定问题亦是如此。传统悲剧理论、后现代主义悲剧理论以及自由文化主义悲剧理论都是在表达对悲剧概念的理解的同时试图加入自己的意识，伊格尔顿则从语言上区分了悲剧与悲剧性。从"悲剧"这个词的字面意义来看，它在日常语言中的意思大致是"十分令人悲伤"，但这层意思放入悲剧艺术这个更崇高的范畴中时，似乎就有了更多的意义。悲剧不仅仅是苦难和悲伤，它还必须涉及人物在面对苦难时所体现出来的一种抗争性的悲剧精神，只有体现出人类悲剧精神的事件才具有悲剧性。由此我们可以看出，伊格尔顿的分析就在于强调"悲剧"其实指的是"悲剧性"。悲剧性是一个比悲剧更强势的语言，它在痛苦之外还包含着某种能给人带来心灵震撼又能让人们获得振奋的品质。"悲剧性"指向的是有关事物的内在的抽象意识，它没有指向的客体，但可以通过事件或行为来表征。

**二、美国文学批评史简述**

（一）19 世纪的美国文学批评

19 世纪的美国文学批评是在对欧洲文学批评传统的继承中逐步建立起来的。归纳起来，大致可分为以下几个阶段：以《北美评论》和罗伯特·洛威尔（Robert Lowell）为代表的古典主义文学批评主张延续欧洲文学传统，他们虽然也反对简单地模仿英国文学，但却认为要构建美国的文学及其批评，首先应该向欧洲文学经典学习；以爱默生（Emerson）为代表的浪漫主义文学思想促使美国文学从文化传统的束缚中解放出来；以爱伦·坡（Allan Poe）和詹姆斯（James）为代表的"折中派"主张在继承英法文学及其批评传统的同时，着力制定自己的文学标准，构建自己的审美趣味。总的来看，19 世纪的美国文学批评把文学标准等问题与传统和创新这一核心问题相关联，提出了文学的民族性、道德性和艺术性等问题。这一时期美国文学批评的总趋势是在保持与传统联系的基础之上谋求新的发展。

（二）20 世纪的美国文学批评

进入 20 世纪之后，美国文学批评似乎开始全面发力，激进派文学批评、新人文主义文学批评、马克思主义文学批评、精神分析批评、阐释学批评等纷纷出现，各种批评流派迭出，呈现出一派欣欣向荣的景象。这种景象的出现，从宏观上来看，主要有以下几种原因：其一是美国独立后，经过一个多世纪的发展，经济建设和社会文明建设发生了翻天覆地的变化，极大地缩小了与欧洲的差距。其二是由于交通的便利、印刷技术和传输技术的广泛运用，欧美之间的交流开始扩大和增速，一些欧洲的政治思想和学术思想传入美国，在给美国的文化生活带来了许多新变化的同时，也对美国学术界产生了很大的影响。其三是美国文学创作新人辈出，文学思潮风起云涌，创作风格也出现了新的气象。

20 世纪中期的美国文学批评经过前期有选择地借鉴欧洲思想和经验这一阶段之后，开始构建自己的批评话语体系，出现了 20 世纪 30 年代的"新批评"、芝加哥修辞学派、纽约批评家等富有美国特色的文学批评流派。当然，这并不等同于这一阶段的美国文学批评没有受到欧洲学术思想的影响。之所以提出这一阶段的美国文学批评开始构建自己的话语体系，其目的是强调这一时期的一些特色。这些特色主要包括这一时期的美国文学批评与自己本国文学创作之间的关系和文学批评理论与批评实践的关系较前一时期更为密切。

## 第二节　文学批评理论分析

### 一、新批评理论

在英美文学批评活动中，新批评理论是极具代表性的文学批评理论。英美文学作品中，新批评理论的应用非常广泛。新批评理论强调文学本体论，即认为文学作品本身就具有存在价值，所以需要对文学作品进行科学性研究。[①] 新批评理论非常重视文学语言的研究，注重挖掘语言的涵义，从语义的角度联系语境对语言进行分析。

新批评理论研究中所指的语境就是英美文学作品的创作环境、历史背景资料以及语句的上下文等。英美文学作品中出现的一些关键词，也被划归到语境范畴，如悖论、隐喻等。例如，劳伦斯（Lawrence）所创作的诗歌就用隐喻的手法表达自己的创作意图。《鸟·兽·花》是劳伦斯的杰出作品，在他看来"植物有情，动物有智"，他将动植物作为主角，凭借自己丰富的想象力，用这些非人类物种反映现实生活，表达自己对人类未来生活的担忧。劳伦斯的诗歌常以非人类的视角审视自然，当他意识到人与动植物之间所存在的差异时，便会采用隐喻的创作手法表达对人类工业文明的鄙视。

### 二、社会历史批评理论

英美文学批评活动中的社会历史批评理论重在评判文学作品的价值，要求

---

① 赵平. 对英美文学中文学批评的多元化探讨［J］. 当代教育实践与教学研究，2015（9）：29.

对文学作品的评判力求真实、客观，且能够产生一定的社会效应，具体而言，就是要求英美文学作品中所呈现出的实际生活、情感以及艺术形象等都要符合实际。特别是对社会生活的评价，其要求评价的立场和观点都要关乎社会的发展。① 社会历史批评理论在英美文学作品中的应用是非常广泛的。

社会历史批评会对其评论的对象进行价值方面的判断，进而形成评判尺度。一般情况下，并不是所有的批评模式的评判标准都非常明确，但是社会历史批评对文学作品的价值判断非常重视，其判断尺度主要包括以下几个方面。

1. 文学作品是否具有真实性

文学能够反映社会生活，一部文学作品能否获得成功，最重要的便是其能否直观地将社会生活反映出来，而真实性指的则是文学作品展现出的社会生活画面与其塑造的形象和社会现实是否相符，是否能够将读者、作者的感受和艺术形象很好地统一在一起。所以，在进行社会历史批评的过程中，要判断作品价值，真实性是非常必要的。在考察作品真实性时，可以从以下几个方面出发。

第一，考察作品本身的时代背景是不是属实，观察其能不能将社会潮流和时代进步体现出来。

第二，对人物的真实性进行考察，了解人物的行为是不是与其身份相符，人物的性格变化是不是符合逻辑，人物本身的感情是否具有真实性。

第三，对细节的真实性进行考察，看效果是不是逼真。

2. 文学作品的倾向性必须正确

在考察文学作品的真实性时，前提是其思想倾向性正确，看作品能不能将历史以及时代发展的趋势和本质体现出来。批评家不但需要对作品的真实性进行考察，还需要从历史发展的高度出发来揭示作品本身的意义和思想。在对文学作品进行分析和评论时，需要将作品放在历史背景中，重视历史发展和社会价值观念的运用，以此来判断作品是否深刻。

3. 文学作品应该对社会效果有足够的重视

社会历史批评对文学作品本身的社会效益比较重视，要求文学作品能够通过创造审美意义较为丰富的文学形象来影响人们，帮助人们树立正确的观念。其具体要求体现在以下几点。

首先，社会历史批评要求文学作品必须能够真实地将社会生活反映出来，对不同历史的社会风尚、社会生活、经济以及政治进行具体的描写，这样才能够帮助读者获得更加生动的知识，读者认识生活以及观察生活的能力也会有很

---

① 王愿. 英美文学的精神价值和现实意义 [J]. 武汉纺织大学学报，2013（2）：20.

大的提高。

其次，社会历史批评要求文学作品能够通过塑造的艺术形象来引导读者，让读者明白什么是正确和错误，从而对其世界观和道德观有所影响，帮助他们全面了解自己、增强信心，激发其追求真理的欲望。

最后，社会历史批评要求文学作品能够寓教于乐，陶冶人的情操，使人们在阅读的过程中获得心灵的愉悦。

### 三、文化学批评理论

英美文学批评活动中的文化学批评理论是从文学的角度分析某个方面的文学现象，深入研究其文化内涵。文化学批评是以文化为核心展开的，关于文化学批评在文学领域中所发挥的作用，美国的文化学家和英国的文化学家都给予了高度重视，强调从文化学角度对英美文学展开批评，重在研究英美文学的文化整体关系，将不同层次的文化进行比较性分析。

## 第三节　英美文学批评在现代中国的传播与变异

### 一、英美文学批评在现代中国的传播

在英美文学批评的输入过程中，英美文学及英美文学批评理论在现代中国经历了传播、发展与变异，深刻影响了我国的文学发展以及文学批评理论体系的创新构建。不仅如此，在媒介学视角下，如何利用有效媒介推进英美文学的传播译介活动，深入展开对英美文学的介绍与评论，也逐步成为当下的热点研究课题。

就英美文学及英美文学批评理论在现代中国传播的影响来说，它包括但不限于以下几个方面：其一，英美文学及英美文学批评理论的传播开阔了我国文学及文学批评的专业发展视野，使我国文学得以走出固有的模式，在对外开放、融合和创新的过程中，逐步形成现代化的、中西结合的文学及文学批评理论体系，促进中国文学的发展以及中国文学和世界文学的交流融合。其二，英美文学及英美文学批评理论的传播催生了我国文学创作与批评的新思想，使人文主义、个性解放、女性主义等新的理念融入我国的文学文化发展当中，促成了文学思想启蒙与创新。其三，英美文学及英美文学批评理论的传播促进了中

国文学与英美文学的相互交流，英美文学得以通过借用、效仿、再创作等方式融入中国的文学创作当中，增进了我国对英美文学发展的认识和了解，增强了英美文学及英美文学批评理论在中国的影响力。总之，英美文学及英美文学批评理论在现代中国的传播具有重要的意义和价值，有利于我国文学的发展。

从当下英美文学及英美文学批评理论在现代中国的传播现状来看，英美文学及英美文学批评理论的传播主要通过语言、文字、音频、影像展开，其中，语言文字的输入是主要部分，音频影像的输入是辅助部分。而在传播媒介上，英美文学及英美文学批评理论的传播媒介包括报纸、期刊、广播、电视等传统媒体，还包括互联网、移动终端等新媒介。而且，在新媒介的快速变革过程中，英美文学及英美文学批评理论在现代中国的传播内容体系、传播范围、传播影响力都得到了显著发展。

**二、英美文学批评在现代中国的变异**

（一）本体论与主体论

"内部研究"与"外部研究"是一对重要的理论范畴。从表面上看，中国现代文学批评的"内部研究"与"外部研究"似乎是对韦勒克理论的搬用，但事实上不尽如此。由于文化语境的变化，中国学者对"内部研究"与"外部研究"范畴的运用，已不再局限于它的本义，其理论内涵和功能都发生了变异，从而导致文学本体论与主体论的交错与重合。

韦勒克关于"内部研究"与"外部研究"的划分，对中国文学批评最重要的意义，就是将文学从反映论的框架中剥离出来。但是，将"内部研究"与"外部研究"置于中国的文论语境中就不难发现，韦勒克所处的文化语境，文学与政治的勾连并不严重，中国的情况则截然相反，因此，两种异质文化语境中文学观念的影响与接受必然会导致话语变异。"内部研究"与"外部研究"的划分对中国现代文学批评产生了巨大影响，这些话语变异包括"内部研究"与"外部研究"划分标准上的不同、作家归属问题的变化以及读者归属问题的差异。

（二）批评标准与批评对象

"意图谬见"与"感受谬见"是维姆萨特（Wimsatt）与比尔兹利（Beardsley）在合作的论文《意图谬见》和《感受谬见》中推出的两个理论命题。"意图谬见"与"感受谬见"也引起了中国学者的关注并形成认识："意图谬见"与"感受谬见"强调的是文本的自律性，一切文学研究应该将作者的创作意图和读者的感受排除在外。

"意图谬见"与"感受谬见"是关于文学批评标准的理论，而在我国的文学研究中，却把二者理解为一种文学批评对象论，即"意图谬见"与"感受谬见"就是要把作者的创作意图和读者的感受排除在文学研究之外，文学研究就是一种只关注语言结构，而不关涉作者、读者的极端的形式主义理论。大多数批评者把"意图谬见"与"感受谬见"看作文学批评的对象理论加以批判："他们从创作、接受、反馈的过程中，将文本孤悬了出来，将之静止化、永恒化，而成为一种具体可靠的批评对象。这就暴露了他们理论中的那种科学主义的追求，具有一种严重的机械性、简单性，亦即形而上学性。"① 在中国当代文学批评的理解中，"意图谬见"与"感受谬见"试图将文本研究与作者、读者研究割裂，是一种极端的形式主义。

维姆萨特和比尔兹利用"意图谬见"来反对将作者的意图作为评判作品的标准，同样，用"感受谬见"来反对将读者的主观感受作为评判作品的标准。因此，"意图谬见"与"感受谬见"并不是反对在文学研究中研究读者与作者，而是反对将"意图"与"感受"作为评判文学作品的标准。

## 第四节　英美文学中对生态批评的认识

### 一、生态批评发展的背景、发展与现状

生态批评始于 20 世纪 60 年代的欧美文学批评，在短短几十年的时间里迅速发展，并逐渐成为具有影响力的文学批评潮流。近几年来生态问题不断演化、发展，严重者甚至被称为"生态危机"。

生态批评理论作为一种文学理论的分支，从另一个角度变换传统思维研究文学的创作，探讨人类自身的生存方式以及对待生态环境的态度。与各种各样的生态主义批评思想相比较，文学上生态批评的发展要晚很多。生态批评理论的建构不断趋于完善，应用面越来越广，逐渐应用到文学批评理论的实践中，为文学批评注入了新的血液。生态文学代表人物、美国哈佛大学的劳伦斯·布伊尔（Lawrence Buell）在《生态批评暴动》一文中曾说，发达国家对于生态环境的批评性阅读已经持续很久。对于人与生态环境的关系的研究，文学创作

---

① 王锺陵. 新批评派诗学理论研究 ［J］. 中国社会科学，1998（5）：163.

者对其的关注度越来越高，逐步将其应用到作品之中。有一些生态学者在作品中阐述：生态问题是唯一值得我们奋斗的事情，没有了地球，就没有人类的一切。对环境的不断透支、不断索取，迟早会报复在人类自己身上。

## 二、英美文学中生态批评的呈现形式

### （一）自然中心文学观

在部分生态批评人士看来，造成生态环境危机日益严峻的一个根本原因，是人类始终持有以人类自我为中心的利己主义思想。人类始终将自己设定为整个地球的绝对领导者，主宰世间万物，正是这种观念导致了人类的生存危机。因此，人类应该放弃对自然的主宰权，树立以自然为中心的生态观，并用这一生态观来进行文化创作，借助充满冲击力的文字表达来让读者深刻认识到环境保护的重要性，从而唤醒人们保护生态、保护环境的情感和意识并付诸实际行动。梭罗的《瓦尔登湖》在这一方面的表现比较突出。梭罗借助作品和自己的实际行动对当时的美国资本主义和工业文明高速发展所带来的生态问题进行了强烈控诉。在当时的美国社会，伴随社会经济文明和商业的高速发展，拜金主义和享乐主义思潮不断侵蚀着人们的心灵，从而促使着人们疯狂而贪婪地吞噬自然资源。梭罗在这种功利主义盛行的社会环境中，产生了早期的自然中心主义观，他厌倦并憎恶工业文明所带来的唯利是图的文明状态，并意识到在这样无情、残暴、毫无节制地开发下，自然环境会遭到致命的破坏。因此，梭罗用自己的实际行动，向当时的美国社会发起了抗议，他独自隐居在远离美国工业文明的偏远乡村，并用两年的时间创作了以呼吁人们爱护自然、回归自然为主题的《瓦尔登湖》。

### （二）自然主体性创造文学观

人类作为自然界中的一员，没有任何特殊性和优待，人类应该重新回到自然界的怀抱，作为一个普通的物种而存在，与自然万物平等对话、和谐相处，共享自然的恩惠。文学批评学者在这种自然主体性创造文学观的指引下，进行了大量的文学作品创作，并逐渐激起了人们尊崇自然、赋予自然主体性的意识与良知，形成了人性化的生态关怀意识。例如，在美国作家笛福的长篇小说《鲁滨孙漂流记》中，主人公鲁滨孙独自一人在一个完全没有人类文明迹象的荒岛中克服困难求生存。这个零文明的野蛮荒岛，实际上是一种对自然主体性的文学折射，作者通过鲁滨孙在这个荒岛上遇到的各种生存挑战，引起了人们对人与自然关系的深刻思考。当一切人类文明消失殆尽的时候，人类本体在地球上的生存是如此艰难，一场大风、一次暴雨，任何一次自然系统的变换都可能使人类面临死亡的威胁。这是对人类自然意识的召唤，是对人类中心主义观念的一种警示，提醒人们不要将人类文明的进步与自然生态文明相对立，因为人类文明的构建基础永远是自然生态，过度破坏自然生态就是在啃噬人类自己的生存根基，这正是对自然主体性的文学批判观的深度体现。

## 第五节　生态批评视角下的英美文学作品赏析

### 一、生态批评视角下对《蝇王》的赏析

#### （一）《蝇王》中的社会

在故事前半段，小说中的拉尔夫营造了一个民主社会氛围：大家各司其职，有的搭棚，有的生火，有的采摘野果，孩子们互帮互助，等待救援。此时，人与社会的关系还算和谐，孩子们懂得为集体付出，维护文明秩序。但是在故事后半段，小说中的杰克营造的社会氛围是专制、残酷和血腥的：血淋淋的野猪头被插在棒子上，散发出一种恐怖的震慑感；身体羸弱、特立独行的智者西蒙被乱石砸死等。孩子们的言行举止退化到原始模式，涂花脸打猎，杀戮小伙伴，将民主、文明、教养等抛之脑后。

从生态批评角度看，在外部环境失衡、生存条件恶劣的情况下，人与社会之间的关系会畸形化，这就是社会生态失衡。在某种程度上，荒岛可视作人类社会的微缩，封闭的情境设置为表现人与社会的关系提供了舞台和催化剂，在荒岛上演绎的是一部不完整的人类社会文明进化史。尽管孩子们受过良好的教育，但在恐惧、饥饿和没有法律道德制约的条件下，社会模式容易倒退到野蛮、原始和杀戮的状态。不得不说，成年人的社会模式在潜移默化中影响了懵懂的孩子，因为在荒岛外的成人社会，一场世界大战使社会文明倒退，使社会资源遭受了极大的浪费和破坏。

该小说试图以荒岛的微观世界来反映人类社会的宏观世界，社会生态的失衡不仅导致小岛上大火滔天，也导致外部现实世界战火纷飞。荒岛上的大火烧毁了孩子们赖以为生的果树、窝棚，更摧毁了友爱互助、民主文明的社会相处模式；而荒岛外的社会中，在战火中坍塌毁坏的不仅有高楼大厦、农场庄园，更有民主文明信念和整个价值体系。作者试图表明，只有保持社会生态平衡，

建立民主、文明的社会关系，才能使社会保持良好发展。

（二）《蝇王》中的自然

在小说开篇，海岛如伊甸园般原始美丽，资源丰富，岛上万物繁衍生息。起初，孩子们摘野果，食海贝，岛上环境基本没受破坏，生态环境仍维持平衡。但在小说后篇，为了寻求刺激，孩子们开始肆意猎杀野猪；为了逼拉尔夫出洞，孩子们引燃了岛上的森林。滥杀野猪破坏了岛上的生态平衡，肆意纵火让小岛面目全非，满目疮痍。

在大部分英国荒岛文学作品中，无人居住的小岛即被视为荒岛，纵然岛上植被繁茂，万物繁衍生息。在这里，荒岛仅仅充当外在环境背景，而不是重要的在场角色，意义也被批评家忽略。其实，荒岛这种说法显然是不合适的，它出自人类中心主义的立场，将人类与自然界的关系割裂，并将人类从自然界中抽离出来。在审视自然环境和整个生态界时，人类被放在优先于其他万物的位置，对自然生态抱有征服和对立的心态。

生态批评研究，就是通过重新解读自然生态环境在文学作品中如何被表述或被压制，将视野投向被忽略的自然生态环境，对文学作品中的人类中心主义思想进行批判，借助文学文本呼唤自然生态意识的觉醒，追求人与自然和谐共生的状态。《蝇王》中海岛的自然生态环境被一群英国孩童毁坏，原来和谐的自然生态系统受到重创。海岛的这种悲剧命运，也可以看作是人类破坏地球自然生态环境的一个缩影。尽管人类已具有改变和摧毁自然生态环境甚至影响整个地球命运的能力，但还不能将自身和地球的命运紧密联系起来。人类的这种不成熟就像《蝇王》中的孩童们一样，在脱离理性和文明的束缚后，变得自私自利、为所欲为、不计后果。

**二、生态批评视角下对《麦田里的守望者》的赏析**

（一）向往和谐的自然生态

1. 对于物质世界的焦虑

西方文化一直认为自然是为人类服务的。然而在现代社会中，这种观念依然存在而未曾得到改变。第二次世界大战以来，科学技术的快速发展使得人类社会进入了高度发达的后工业时代。

经济社会的持续发展使人与人之间的利己主义更加显而易见，人们也早已将自然带给人类的好处抛置脑后，转而对自然进行无度开发。对于置身于这种虚伪环境之中的主人公霍尔顿而言，他在生命中的特殊时期，对杂乱无章的世界以及贪婪的人类展示出了强烈的愤怒，他想要追寻的是更加无拘无束的生活，所以他不断在逃离，最后来到了他觉得尚有栖息之地的纽约。在这里，他也去过很多地方，最后幻想逃离纽约去寻找真正的自然。他渴求的是那种生活于小木屋中的自在生活，但是在真实世界中，纯净宁静的世界早就荡然无存，他无法找到出路。因此，塞林格（Salinger）通过描写一个不想进入成人世界的少年的所感所思，来表达自己对现实世界深深的忧虑。①

2. 对于田园生活的向往

"麦田里的守望者"一词首次出现在该书的第十六小章，这一章描写了霍尔顿行走在街头，一个小女孩正在唱歌："你要是在麦田里捉到了我……"她的嗓子还挺不错，不过只是随便唱着玩，小女孩的歌声使得霍尔顿的心情舒畅了不少，不像之前那么沮丧了。"麦田"实际就是田园生活的象征，也就是没有被污染过的、不受人类践踏的自在生活，霍尔顿心心念念追寻和渴望的就是这样的生活。因而，尽管霍尔顿迫于无奈地身处于大城市中，但是他却始终渴求着能过上与大自然相通的自由生活。"我用自己挣来的钱造一座小屋，终身住在里面。我准备把小屋造在树林旁边，而不是造在树林里面，因为我喜欢屋里一天到晚都有充足的阳光。"② 霍尔顿对生活的迷茫，让他的恐慌和焦虑激增，从而导致了他自身的孤寂和与社会的隔阂，所以他极度想要逃离城市、融入自然，做个无拘无束的人，只有这样他才能真正摆脱孤独，也才能不受世俗的困扰，安安心心过自己的生活。

霍尔顿对中央公园中的鸭子尤为关注，屡次提到它们。"但奇怪的是，我一边在信口开河，一边却在想别的事。我住在纽约，当时不知怎的竟想起中央公园靠南边的那个小湖来了。我在琢磨，到我回家时候，湖里的水大概已经结冰了。要是结了冰，那些野鸭都到哪里去了呢？我一个劲地琢磨，湖水冻严以后，那些野鸭到底上哪儿去了呢。我在琢磨会不会有人开汽车来，捉住它们送到动物园里去，或者竟是它们自己飞走了？"这件事被屡次提起并非无意之举。主人公逃离了成人世界后，转而奔向纽约，但这也无法让他获得一丝一毫的快乐，甚至跟女朋友的交谈也不能排解自己心中的苦楚，这时的他已深陷精神的荒岛中，能让他高兴的只有离开高度发达的大城市，转而投向没有欺骗和暴力的自然。他不由自主地担心起野鸭，这些生命能够无拘无束地生活在自然中，然而自己却无法做到。这表现出他对生活中其他生命的艳羡，同时也反映出他渴求人与自然能够和谐相处，万物平等地生存在这个星球上。

---

① 王育烽.《麦田里的守望者》的生态批评解读［J］. 文艺理论，2007（7）：17.

② 曹晶晶.《麦田里的守望者》的存在主义解读［J］. 科技信息（学术研究），2007（31）：60.

（二）对生态和谐的呼唤

霍尔顿的家庭较为富裕，是那个时代的中产阶级，他被家人送到学费昂贵的学校读书，家人期望他将来能够有所作为，跻身上流社会，但是他却与周围环境格格不入，甚至是无法相融。他无法获得父母的认可，精神状态产生的异化使他经常迷惑和痛苦。少年霍尔顿处于由孩童进入成人的过渡期中，他最主要的疑惑是对于自己身份地位的疑惑。① 其主要表现在以下三个方面。

1. 对家庭统治的反抗

在人的生长过程中，父母起着不可替代的作用，父母对孩子能产生最直接的影响。来自家庭的爱能让青少年在受到挫折或遇到困难时得到慰藉，但书中主人公父母的重心在工作上，他们没有多余的时间和精力来处理霍尔顿身心的变化，无法对儿子的生活和学习进行有效指导。

在霍尔顿看来，父母对他表现出来的不是爱而是支配，这导致了他跟家庭的脱节，所以被学校开除之后，他不敢更不想回到家里。霍尔顿与父母的隔阂显而易见，就连父母也无法带给自己温暖，所以他只有逃离家庭奔向纽约，这种抗争恰恰表现出霍尔顿对开始异化的家庭关系的讨厌和失望。

2. 对学校生活的幻灭

家庭关系开始异化，这让霍尔顿非常恐慌。而在学校里，他发现他周围的世界也非常不和谐。学校采用支配的教育方式，这使学生没有自由，霍尔顿感到了极度的压抑和束缚，他也变得更加叛逆，对待老师和其他工作人员的态度也不友好。

在小说中，学校也是一个小的世界，周围大人的行为无时无刻不在影响着学生们，他们都在模仿大人的行为，所以学校中也随处可见那些令人讨厌的行为，比如暴力。16 岁的霍尔顿即将成年，但是他缺少来自学校的正确指导，也无法得到恰当的意见和建议，他自己也找不到恰当的对象进行模仿，在学校里他所能找到的只可能是影子，权力的影子。所以，霍尔顿与他身边的人，包括老师和同学都产生了隔阂。

3. 对社会异化的斗争

离开学校后，霍尔顿的处境并没有好起来，纽约的虚假风气与拜金主义使他压抑到喘不过气，也让他更加失望。在旅馆中，他见识了很多大人奇怪的举动，如一个灰头发的男人在穿女人的衣服，一对男女用嘴互喷水，这些行为使霍尔顿难以理解。这些大人表面上看起来很正常，但是他们的所作所为却令人

---

① 董松涛.《麦田里的守望者》的生态批评解读［J］.平顶山学院学报，2014（4）：44.

目瞪口呆。

霍尔顿的挣扎毫无用处，但他对于和谐的渴求却是永恒的。霍尔顿生性带有软弱成分，他默默无声地反抗着，但结果也是惨烈的。他坚守的宁静和纯洁以及追寻的和谐，是人类永恒的生态追求。

# 参考文献

［1］周仁成. 英美文学批评在现代中国的传播与变异［M］. 成都：四川大学出版社，2018.

［2］乔国强，李维屏. 美国文学批评史［M］. 上海：上海外语教育出版社，2019.

［3］朱晓萍. 英美文学的语言审美与艺术研究［M］. 北京：北京工业大学出版社，2020.

［4］田兆耀. 英美文学经典名著选读［M］. 南京东南大学出版社，2021.

［5］毕晟. 生态视域下的英美文学研究［M］. 成都：四川大学出版社，2018.

［6］周慧霞. 英美文学的生态维度研究［M］. 北京：中国国际广播出版社，2017.

［7］周建新. 英美文学与文化［M］. 广州：华南理工大学出版社，2019.

［8］周洁琼，韦振华. 张爱玲与英美文学研究［M］. 北京：北京工业大学出版社，2019.

［9］林燕平，董俊峰. 英美文学教育研究［M］. 上海：上海外语教育出版社，2006.

［10］周建新. 英美文学与文化［M］. 广州：华南理工大学出版社，2019.

［11］黎敏，唐仁芳. 英美文学经典选读［M］. 南京：东南大学出版社，2019.

［12］丁芸. 英美文学研究新视野［M］. 杭州：浙江大学出版社，2005.

［13］赵平. 对英美文学中文学批评的多元化探讨［J］. 当代教育实践与教学研究，2015（9）：19.

［14］陈新苗. 英美文学中批评文学的多元化探讨［J］. 北方文学（中旬刊），2013（3）：35.

［15］纪靓. 探讨英美文学的精神价值及现实意义［J］. 中国民族博览，2022（23）：42.